獻給大衛和賽門

布麗奇特．克羅娜 Bridget Krone／著　鄒嘉容／譯　林師宇／圖
Small Mercies
梅希的奇蹟
「說真話」就會有奇蹟發生！
甜美的幸福就存在於這些小小的生命循環裡，
而不是在那些喧囂的大事物裡……

【推薦序】

做好當下的每一件事，奇蹟就此發生

陳志恆／諮商心理師、暢銷作家

很多時候，我們總期待著奇蹟降臨，就能解決眼前的困境，甚至，扭轉命運。就好像，年輕時我很想買房，每一次去看房，面對高不可攀的房價，總是沮喪的對太太說：「如果能中樂透就好了！」

於是，我們騎著機車，去巷子口的彩券行，買了幾張彩券，期待奇蹟降臨。我依然沒有中樂透，但後來憑著自己的力量，買到了理想中的房子，一家人住進屬於自己的家。

《梅希的奇蹟》這本少年小說，講的也是關於「家」的故事。只是這個家，有些非典型。主角梅希因為從小家庭變故，被寄養在兩個年紀頗大的阿姨家。他們三人住在一幢老房子裡，日子不是很好過，但彼此感情融洽。

梅希每天最擔心的，就是社工人員找上門來。她深怕社工進到家裡，評估這個環境不適合孩子成長，梅希將會被帶到其他機構或寄養家庭。

除此之外，這個「家」也出現了大麻煩。梅希的其中一個阿姨生病，需要送到安養機構照顧，但她們沒有錢，只好出租閒置的倉庫；甚至，考慮把房子和地產賣給開發商，然後搬到別處去。

當然不只這樣，梅希在學校裡，也有許多煩惱。因此，她多麼希望有個巨大的奇蹟降臨，然後，一切就會不同。

在每則膾炙人口的故事裡，都有一位充滿智慧的人物，深刻影響著主角，這角色當屬他們的房客辛格先生莫屬。辛格先生帶著梅希認識一個人——他曾經在南非的一個火車站被趕下火車，又在車站裡受凍的度過一晚。那一晚的際遇，啟發了他開啟一連串改變世界的運動。

你以為，那一晚之後，他就此通往成功，成為世人頌揚的聖人了嗎？不！他仍然得面對每一天的挫折與艱辛，有更多的挑戰等著他。他能做的，就是專注在眼前的每一件小事，做自己當下能做的。

然後，奇蹟就此發生！

《梅希的奇蹟》這本少年小說，故事背景是多元種族融合的南非。這不只是一則激勵人心的故事，更提及了多元文化、民族融合、公平正義與兒少保護等議題，相當值得深思。

其中，當面對生命中的不公不義時，我們可以有許多對抗的方式。但當什麼都做不了時，書裡也教我們一種不卑不亢的態度——平靜而禮貌的堅持說真話。這是相當不簡單的境界，卻也是深邃的人生智慧。

這本書不僅適合青少年閱讀，師長們也可以透過這本書，和孩子談談他的煩惱、他的做法，以及，他現在能做的事情。同時，引導孩子發現，即使在困境中，也有一些微小奇蹟，正在生命中發生著。

非洲
印度洋
大西洋
南非
彼得馬里茲堡
開普敦

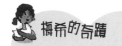

前言

在南非，所謂的「有色人」（coloured）指的是亞洲人（馬來人或印度人）、黑人、白人，或是科薩人等，不同族裔血統融合產生的後代。

有色人，尤其是住在西開普省的（位於南非的西南端，是南非的九個省之一，首府及最大城市是開普敦），說的主要是南非荷蘭語；但也有大約百分之二十的有色人，家裡使用的是英語。有不少人兩種語言都通，甚至也會說其他的非洲語言。

「有色人」在美國被認為是一種具有攻擊性的字眼，然而在南非卻使用得很普遍，也比較能被人接受，即使有時稍有爭議。社會上關於種族和認同的討論始終沒斷過：有些人拒絕被稱作是「混血種族」，認為這意味著他們沒有明確的種族，他們寧可驕傲的接受「有色人」的稱呼；另外也有一些人則認同自己是黑人、科薩人，或僅僅就是「南非人」。

科薩人（Khoisan）是非洲南部的民族之一，也是非洲最古老的民族。

第一章

梅希手裡捏著請假單，站在校長葛里賽夫人的辦公桌前。葛里賽夫人放下了筆，抬眼從眼鏡的上方看著她。

「妳好，梅希？」她接過了請假單並打開來看。「這上面說妳不能參加全校大會的彩排，因為……」她停下來看了看梅希，似乎無法相信自己讀到的內容，「**肚子痛？**」

梅希點點頭。

「那妳這次的肚子痛和上個禮拜的腸胃不適，到底一不一樣？」葛里賽夫人從她的旋轉椅起身，喀啦喀啦的走到一個檔案櫃前，抽出了一本資料夾。

「我這裡已經有差不多十二張請假單了。」她說。

「來看看這一張。上面說，妳不能參加校內的越野比賽，因為妳大腿的骨頭

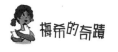

痛。」她揚起了一道眉毛。「梅希，今天這一張是誰寫的？」

「我的養母，瑪莉阿姨。」

「說妳大腿骨頭痛的那張也是她寫的嗎？」

「不是，那是另外一個養母，芙蘿拉阿姨寫的。」

「唔，我想起來了。她們倆是姐妹。」

葛里賽夫人用食指敲了敲上唇。「喔，對了，妳跟這兩位阿姨一起生活多久了？」

「從我五歲開始。」

「那妳覺得她們……年紀多大了？」

梅希不知道。幾年前，她曾經問過瑪莉阿姨這個問題，但是瑪莉阿姨只回答說，她就跟她的舌頭一樣老，然後比她的牙齒老一點。她們很老？可是，很難說到底有多老。她們的臉上布滿了皺紋和斑點，頭髮是銀白色的。瑪莉阿姨習慣用指甲刀剪她的直頭髮；芙蘿拉阿姨則留著一頭蓬得像蒲公英絨毛的白髮。瑪莉阿姨總是隨身攜帶一條手帕和一串鑰匙，放在自家剪裁的洋裝口袋裡；芙蘿拉阿姨則喜歡穿舒適的運動褲，把褲管捲得高高的。那樣到底是有多老？

「我不知道，葛里賽夫人。」

「好吧，那麼普如伊老師為什麼要妳來見我？跟我說說看，這個全校大會是怎麼一回事，還有妳為什麼不能出席？」

梅希很難解釋得清楚，為什麼她真的沒辦法好好的執行老師的指令？跳個屬於她的文化的民俗舞蹈。就算她向兩位阿姨求助，她們也幫不上忙。

＊　＊　＊　＊　＊

「喔，我的老天爺啊！」瑪莉阿姨聽了梅希的要求之後說。「我們可不可以假裝妳是波蘭人，教妳跳波卡舞（捷克的民間舞蹈）就好？」

瑪莉阿姨對教育有很多想法，但其中並不包括文化民俗舞蹈或任何她所謂

「新潮」的東西。她甚至從來不看梅希的成績單。她認為教育的內容應該是要背誦各種植物的拉丁名稱，以及許許多多偉大的詩歌才對。**「喔，年輕的拉青瓦離開了大西部，踏遍整個廣大的邊界，他的駿馬是最棒的……。」**（注1）

不過，芙蘿拉阿姨就比較緊張：她喜歡梅希能夠答對正確的答案，不要惹上麻煩。

「我們該怎麼辦才好，瑪莉？」芙蘿拉阿姨說。「要不要教她跳快四步（一種國際標準舞）？」

但是，她們最後決定要教她跳莫里斯舞（英格蘭民俗舞蹈）。

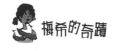

於是，梅希看著芙蘿拉阿姨在鋼琴上叮叮咚咚的彈著重複的曲調，而瑪莉阿姨則在起居室裡追著音樂節拍又蹦又跳並揮舞她的手帕。可惜瑪莉阿姨的腳步實在不怎麼輕盈，讓人看得有點難受，所以當她上氣不接下氣的停下來並說：「喔，這實在太蠢了！我們要再想想別的法子才行。」梅希總算鬆了口氣。

一陣尷尬的沉默之後，芙蘿拉阿姨忽然問道：「嗯，那其他的同學會跳些什麼呢？」

「印度舞？也可能是祖魯舞。」梅希猜想道。「普如伊老師說我們每個人都有屬於自己的民俗文化，我們必須發揚它。」

「可笑！」瑪莉阿姨說。「幾乎沒有一個人是屬於單一文化的。如果在你們班上課的人是我，梅希，那我該發揚哪一種文化？我這個南非白人，到底要怎麼算？維京人？英國人？還是西印度群島人？」

「西印度群島人？」梅希很困惑。

「對，在我的曾祖母去世之後，我的曾祖父又娶了一位來自西印度群島的女人。我人生中最遺憾的其中一件事，就是我從來沒有去過巴貝多（位於加勒比海與大西洋邊界上的島國，是西印度群島最東端的島嶼）見見我那一邊的家族。」

「普如伊老師希望我表演一點所謂的開普馬來人嘉年華秀（注2）。」梅希說，「也許是因為我是……妳知道……有色人。」

「親愛的孩子，妳媽媽的家族早先是來自開普敦，並不代表妳就要穿著亮晶晶的綾羅綢緞，在那邊跳來跳去的彈把小吉他。說實在的！如果妳是在開普平原長大的，那還沒話說，妳的確應該把那個慶典銘記在心，可是妳連去都沒去過開普敦！」

梅希鬆了口氣。她在電視上看過開普敦的嘉年華會：每個人都穿著鮮豔的服裝，還有鼓號樂隊和五顏六色的花傘。可是，那一切對她來說，都非常陌生，就跟看到中國新年時，街上張燈結綵、到處都是紙糊的龍一樣陌生。

「所以……」瑪莉阿姨說，「如果要說得精準一點，我想我們要找的舞蹈是有點開普馬來，有點科薩，還有一些些荷蘭移民，一點英國……。」

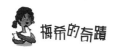

「我想我們乾脆直接寫張請假單就好了，妳們說怎麼樣？」芙蘿拉阿姨說，她總是急著讓瑪莉阿姨收手。「我把眼鏡放到哪裡去了……？」她摸摸口袋又拍拍額頭，踱步穿過了廚房，去後花園尋找她的眼鏡。

所以，最後是瑪莉阿姨找來了一枝筆，寫下那張肚子痛的請假單——也就是葛里賽夫人現在要加進梅希的資料夾裡，等著聽她解釋的那一張。

＊＊＊＊＊

梅希吸了一大口氣，「我們班要負責星期五的集會，普如伊老師希望我們每個人都要跳屬於自己文化的民俗舞蹈。」

「很棒的主意啊！」葛里賽夫人的臉上堆滿了笑容說：「我不懂妳的阿姨們為什麼會讓妳缺席這麼有意義的文化活動。聽起來很有趣，不是嗎？」

「是的，夫人。」

葛里賽夫人將兩隻手拱成了教堂的尖塔，托著下巴，瞇眼看著梅希。

「我必須坦白說，梅希．亞當斯，妳有一點讓人費解。」她的視線又回到了資料夾上。「妳的成績非常好——可是妳不愛參與。妳幾乎不參與體育活動，或者口頭報告、戲劇表演。這些妳全部都要請假。」葛里賽夫人嘆了口氣，「最特別的是，妳的兩位養母似乎也很包庇妳的不參與，似乎很鼓勵妳這麼做。」

她換了一種口氣，並用一種充滿關懷的角度歪著頭問：「梅希，妳家裡一切都還好嗎？」

「是的，都很好。」梅希很快的回答，「一切都很好。」

葛里賽夫人又望向打開的資料夾，前後翻了翻，然後用一種不經意得有點不自然的語氣問：「社工上一次去訪視妳是什麼時候？」

梅希將指甲深深的嵌入了自己的手掌。

「我想我必須聯絡兒福中心來了解一下妳的情況。」葛里賽夫人在她的日誌做了注記。「展延命令的時候應該要到了。」她停下來，然後用低得幾乎聽不見的聲音說：「也許是該重新考慮一下……。」

「我可以的，葛里賽夫人。」梅希盡可能用最開朗的語氣說。「我會去表演跳舞。」

「這種精神就對了！梅希。」葛里賽夫人靠向了椅背。「跳一點舞，對妳來說，是很有益處的。」她皺皺鼻子說，「說不定，妳還會喜歡上它。」

梅希決定了，無論要她做什麼都可以，就算要她揮著一條白手帕到處亂跳也沒關係，如果那樣就可以不要讓社工來家裡的話。

注1：由Walter Scott（一七七一～一八三二年）所寫的一首關於騎士時代的長詩。描寫一位騎士甘於冒著生命危險而追求愛情。

注2：開普馬來人是南非的有色人種之一。多數是生活在開普敦的爪哇族。他們的祖先是在荷蘭東印度公司統治印尼時來到南非。開普馬來人嘉年華秀是每年一月二日在開普敦舉行的慶典活動。

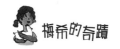

第二章

不久之前，瑪莉阿姨告訴梅希說，她已經大到可以了解一下關於社工人員的問題了。

「假如我們想要向防止虐待動物協會領養一條狗的話……」她說，「就會有人先來我們家一趟，看看我們有沒有夠大的庭院可以讓狗跑跑步、吠一吠，或者有沒有適當的圍牆來防止牠跑掉或走失。」

梅希點點頭，一想到即使是最小隻的狗也跳得過她們家在哈德森路上的圍牆，心裡就有點難過。

「可是，如果有人想要領養一個人，一個小孩，比如說妳。」瑪莉阿姨說，「我只要到社會發展部填一張三十六號表格，就可以帶妳回家了。然後，每個月還可以從南非社會安全局那裡領點補助款。照理說，應該要有社工人員來做個

『家庭訪視』，但是她手上搞不好有兩百個小孩的案子要處理，根本就沒空來看我們家有沒有圍牆，院子有沒有大到可以在裡面跑跑跳跳，或者叫一叫。」

「不過，話說回來，有時候……」瑪莉阿姨緊握著梅希的兩隻手，繼續說下去，「社工真的會來，而且通常是選在星期五的下午——法院就要打烊之前來。他們會晃一張叫做『法院命令』的紙，告訴妳有某個親戚出現了，而且想要帶妳走。」

「那會怎麼樣？」

「唔，那他們就可以帶妳走。」

「帶我走！他們為什麼要這樣？」

「為了錢，很抱歉我必須坦白說。」瑪莉阿姨說。「他們會安排一個所謂的家庭，從南非社會安全局那邊領錢，然後社工人員也可以順便收點回扣。」

梅希聽了之後，心裡充滿了恐懼。她的克利佛姨丈會不會也來找到她？

「不過，我之所以要告訴妳這件事，是要讓妳知道：就算發生了這種情況，我們還是有辦法的。」瑪莉阿姨說，「我教過芙蘿拉幾句話——以防萬一我不在家的時候，剛好有社工來敲門，可是最近她總是迷迷糊糊的，所以妳自己也要記牢這幾句話。」

瑪莉阿姨遞給了梅希一張紙，紙上寫著：

根據二〇一〇年通過的兒童法，每一名孩童都有權利尋求法律援助；因此本人要求在此項程序尚未完成前，暫停執行此一命令。

「這上面的意思就是說在他們帶妳走之前，妳有權先請求律師的協助。這是法律規定，雖然有些人不知道。」

梅希把這幾句話深深的刻在心裡，每天默默的反覆背誦——就好像這是個可以讓她趨吉避凶的護身符一樣。

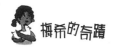

第三章

從葛里賽夫人的校長辦公室回教室的路上，梅希在洗手間逗留了一下。她瞪著鏡子裡自己的臉，試著用深呼吸來緩和撲通撲通的心跳。她的臉已經逐漸長成了連她自己都不太認得的模樣：鼻子像蘑菇，牙齒又大又長，就連以前柔軟的臉頰，現在也變得有稜有角；只有那雙褐色的眼睛依然沒變。

「喔，妳長了一張很可愛的臉。」芙蘿拉阿姨以前看見梅希對著浴室鏡子裡的自己伸舌頭時，曾經捧著梅希的下巴說，「就跟妳美麗的媽媽和凱瑟琳阿姨一樣。」可是梅希覺得她現在已經認不得自己這張削瘦的新臉蛋了。

她用雙手順了順頭髮，想撫平那些不肯乖乖就範的鬈髮，然後把那根小馬尾拉緊一點。

回到了教室裡，每個人都在忙著搬課桌椅，為接下來的民俗舞蹈活動挪出空

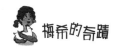

間。她希望沒人注意到她溜到了教室的後方。

普如伊老師瘦巴巴又緊張兮兮的站在黑板旁邊——延長線太短了，連接不到手提音響，她只好杵在那裡，把音響捧在半空中，巴望著有人來幫忙。

「誰可以幫忙把桌子推過來一點。」她說，「我不是架子啊！」

來幫忙的是新來的女孩奧莉薇，不過，她推桌子的力氣太大了一點，撞到了普如伊老師的腿。奧莉薇才剛轉來一個星期而已，可是「太」這個字已經黏到了她身上：她的臉頰太紅、馬尾太翹、眼鏡太厚；而且也太愛幫忙了。此外，她的鼻子好像幾乎沒有通暢過，只好一直用嘴巴吸氣。

「奧莉薇！」普如伊老師揉著大腿說，「妳可不可以小力　點……。」

碧翠絲．杭特和她的朋友諾來瑟葳．馬喬拉噗嗤一聲笑了出來，然後又假裝只是在咳嗽。

奧莉薇說：「對不起，普如伊老師，我不是故意要撞妳的。」說完便走向了教室後方。

「**請不要過來站在我旁邊**」，梅希心想，她可千萬不想引人注意。可是，奧莉薇偏偏直接朝她走了過來，還塞在她旁邊，大聲的抽鼻子和調整眼鏡。

梅希乾脆悄悄側了一下身子，把自己藏到奧莉薇的後方，以免被普如伊老師看到並叫她出場表演。她已經想好了藉口：她把音樂忘在家裡了，明天會再帶來。不過，她的藉口根本用不著，因為普如伊老師說：「碧翠絲和諾來瑟葳，既然妳們喜歡嘲笑別人的不幸，那妳們就先表演吧！」

碧翠絲小聲的歡呼了一下並往前一躍，把那根光潔如絲的金色馬尾甩得直搖晃。諾來瑟葳則是漫不經心、慢吞吞的走出來，將一張CD塞進了音響裡。然後，她們倆手插腰的站在那裡：一白、一黑，兩個都又高又壯，而且對梅希來說，都很讓人害怕。

在等待音樂開始的時候，諾來瑟葳踢掉了腳上的鞋子並挺起胸膛。她是班上最早穿胸罩的女孩之一，而且梅希覺得她似乎很希望大家都注意到這一點。碧翠絲拆掉了馬尾，甩一甩頭髮，讓它像一道美麗的金色簾幕般的落在她肩膀上。碧

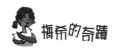

翠絲有張非常吸睛的臉，會讓人忍不住的想看。去年，五年級的時候，她頂著挑染過的頭髮來上學，曾經引起一場騷動。

「這是天生的，我也沒辦法！」她當時甩著頭髮說，「我的頭髮在陽光底下看起來就是這樣。」

梅希有一次在超市的麵包區走道上遇見化了妝的碧翠絲，從此之後，她就一直很擔心：等她長大以後，誰來教她化妝。瑪莉阿姨的梳妝臺上只有一瓶凡士林和一把梳子，至少芙蘿拉阿姨還有個粉盒和一個跟生雞肉同樣顏色的粉撲。她會在鼻子上敷點粉，然後轉出一條珊瑚色的唇膏來塗嘴唇；在某些特別場合，甚至連上排的牙齒也塗。

碧翠絲和諾來瑟葳送進音響裡的歌曲以最大的音量轟隆隆的放送了出來。

「**你難道不想你的女朋友跟我一樣火辣？**」她們甩甩頭又扭扭臀。

不過，才進行到副歌而已，普如伊老師就大叫：「關掉！把音樂關掉！」她雙手抱著頭。「所謂民俗舞蹈……」她說，「是配合傳統音樂而跳的舞蹈——不是跳得像迪斯可兔女郎一樣。諾來瑟葳，妳應該可以跳祖魯舞才對。」

「kodwa ndingumXhosa」（科薩語：但我是科薩人）諾來瑟葳回答，說完跟碧翠絲一起咯咯亂笑。

「喔，這樣嗎！如果妳是科薩人的話，那就好好跳個科薩舞。我的意思是，這有那麼難嗎？誰可以出來好好的跳個傳統民俗舞蹈，不要讓我那麼難過。」

梅希屏住呼吸並低下頭來，「不要叫我……不要叫我……不要叫我。」她使出所有的念力來抗拒，**「本人要求在此項程序尚未完成前，暫停執行此一命令。」**

「珍妮絲．馬修。」普如伊老師說。梅希呼了口氣。

珍妮絲輕手輕腳的走到大家面前。她比全班的人都高很多，雖然她總是駝著背，肩膀看起來跟耳朵一般高。她單腳站著，一隻手舉到了頭頂上，看起來就像隻灰撲撲的蒼鷺。從CD音響傳出了一陣擊鼓聲，緊接著是一陣宛如貓在尖叫的聲音。

每個人都嚇得遮住了耳朵。其實，那是風笛的聲音。梅希認得是因為芙蘿拉阿姨最喜歡的一張唱片——《西部群島歌曲選》（西部群島就是蘇格蘭的外赫布里底群島），她總會一邊聽，一邊跟著節拍捶自己的胸口。

珍妮絲踮起腳尖，開始在原地蹦蹦跳了起來。

「**跳、跳，指指地面、指指膝蓋，用力跳一下。**」

（珍妮絲在此跳的是傳統的蘇格蘭高地舞）

碧翠絲也跟著音樂拍起了手，還有諾來瑟葳。沒多久，差不多半個班級的人都在拍手並衝著珍妮絲假笑。諾來瑟葳必須咬住嘴唇，才能忍住大笑的衝動。

梅希可以感受到旁邊的奧莉薇受到了驚嚇。奧莉薇的視線從珍妮絲轉向普如伊老師，然後又從普如伊老師轉回珍妮絲，好像在看人家打網球似的。不過，普如伊老師並沒有採取任何行動來制止大家拍手，也沒有阻止珍妮絲繼續蹦蹦跳。

「感謝老天！」當奧莉薇看到珍妮絲終於氣呼呼的衝向CD 音響並猛敲下停止鍵時，如釋重負的說。

「妳為什麼要停下來？」普如伊老師問。「妳表演得很棒啊，珍妮絲！而且大家看起來都很樂在其中。妳父母親有沒有教妳怎麼跳蘇格蘭舞？」

「沒有。」珍妮絲說，「是我自己從YouTube上學來的。」

「嗯，太棒了，珍妮絲。各位同學，大家了解到我們擁有多麼豐富的文化遺產了嗎？我們只是在非洲南端的一個小小城市，可是光是在這間教室裡，我們就有印度、科薩、祖魯、蘇格蘭和南非荷蘭人……。誰要下一個出來？」

坦多在教室的另一頭抬了抬腿又放下，還故意學雞的拍翅動作。

「你在做什麼，坦多？」普如伊老師問。「你的動作看起來像一隻母雞。」

「這叫瘋雞舞，普如伊老師。」他說，「是我們家的傳統民俗舞蹈。」

「嗯，還是別跳了！」

坦多乾笑幾聲，又伸了兩下脖子來結束他的表演。他伸手撓撓濃密的大蓬頭時，正好跟梅希對上了眼。梅希害羞的對他微微一笑就迅速把頭低下。

「還有，坦多，剪個頭髮吧！」普如伊老師說。「悠蘭達，妳是下一個。請自重。」

悠蘭達踱到了教室前方。她把襪子捲得低低的，裙子撩起來並解開了制服上衣的幾顆鈕扣。

ＪＪ也跟悠蘭達一起表演，負責音樂的部分。他敲下了「播放」鍵。是南非的饒舌歌手捷克．帕羅唱的〈你以為你比我冷〉，悠蘭達開始像個機器人一般的抽動。每次唱到髒話的時候，ＪＪ就故意咳個幾聲。

「當我害怕整個他媽的（咳咳）**酒吧時，**
你仍然他媽的（咳咳）**從母親那裡得到錢。」**

普如伊老師再一次迅速叫停。

「南非荷蘭人沒有民俗舞蹈嗎？」普如伊老師問。「南非白人舞呢？ＪＪ、悠蘭達，這樣不夠好。我希望你們回家學一學，再帶著民間舞蹈回來。」

「我雖然可以算是南非荷蘭人，可是我又不是什麼先民！」悠蘭達說。

「妳說什麼？」普如伊老師說。

「我們是去年從普里托利亞開車搬家過來的。不是很久以前坐牛車來的。」

「唔，老天，我當然明白！ＪＪ，那你呢？」

「我根本就不是南非荷蘭人！」ＪＪ的表情看起來有點受到驚嚇。

「那你是什麼人呢？」普如伊老師問。

「我也不知道。我住在黑菲爾德（彼得馬里茲堡郊區的地名）。」ＪＪ含混的說，好像這樣就足以解釋一切。

梅希看著普如伊老師，她坐在那裡，手肘放在桌上，按摩著她的太陽穴。

第四章

「好吧！」普如伊老師最後說道。「既然這樣行不通，那就換個方式。我們來分成三組：一組跳祖魯舞……」她伸出一隻長長的彩繪指甲指向教室一角，「一組跳蘇格蘭舞……還有那邊一組跳印度舞。」

梅希想要加入賈米拉和她的那一夥朋友——她們已經一溜煙跑到了跳印度舞的角落，興奮的又蹦又跳。可是，普如伊老師伸手攔住了她，「不准再跳其他的舞了。」普如伊老師說完就開始在教室裡四處走動，把大家推向不同的組別。梅希發現自己和奧莉薇一起被送進了跳蘇格蘭舞的角落。珍妮絲自己一個人站在那裡用牙齒挑著緊身運動服的袖子邊線。

所有的男生都投奔到祖魯舞的那一組，只有坦多例外。他從最遠的角落起跑，然後一路用滑溜溜的鞋底滑了過來，跟梅希撞個正著。

碧翠絲也被押來了蘇格蘭舞的小組。她翻著白眼，擠進奧莉薇和梅希的中間。

「抱歉，我的力氣實在是**太大**了一點！」她對奧莉薇說。「我不是故意要推妳的。」

普如伊老師指定珍妮絲當蘇格蘭小組的組長。

碧翠絲的手立刻彈了起來。「普如伊老師，拜託，我可以換組嗎？我可不可以加入跳祖魯舞的那一組。」

「不行，碧翠絲，不可以。誰都不可以換組。我不管……」普如伊老師不停的揮手，好像要趕走想像中在她腦袋裡嗡嗡作響、四處亂飛的那群蒼蠅，「……你是剛果人、開普有色人或者克羅埃西亞人也好，你們全都得照規定來做。」

「謝謝妳啊，珍妮絲．馬修。」碧翠絲壓低了聲音說。「這都是拜妳所賜！星期五，我們都得在全校的面前當呆頭鵝了。踮著腳尖像智障一樣的蹦蹦跳。」

「這又不是**我**的錯。」珍妮絲說。「我根本沒有要妳加入這一組。」

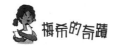

「普如伊老師。」碧翠絲說，「珍妮絲說她不想要我在這一組，所以我可以走了嗎？」

「喔，拜託！」普如伊老師說。「我們只剩下兩天可以準備了。大家可以彼此忍耐一下嗎？」她瞪了珍妮絲一眼，然後又把注意力轉回到印度舞的那一組。

「我又沒那樣說！」珍妮絲氣呼呼的說，「我是說，把妳選過來的人又不是我。」她的兩眼噙滿了淚水。她用袖子抹了抹鼻子，在運動衣上留下了一條長長的鼻涕痕。

碧翠絲張大了雙眼和嘴巴，環顧了一下同組的人，並伸手到額頭上迅速的比了比手勢。

「我**不是**失敗鬼。」珍妮絲哭了出來。

「我又沒說妳是。」碧翠絲說。

「妳剛剛……在額頭上那樣比。」

「不好意思，我可沒有比那個手勢。我只是在抓癢。喔，所以現在是有規定我們這一組不可以抓額頭嗎？對了，妳好像是組長，所以我們都得聽妳的。」她聳聳肩。

坦多舉起了雙手。「哇！哇！各位忍耐一下吧！」他想要發言。

可是碧翠絲按住他的胸口，打斷了他。「好，所以現在的規定是，我們從現在開始都不可以抓額頭，但是必須像智障的小雞一樣踮腳尖來磨地板就對了。」

珍妮絲怒吼一聲，跑出了教室，中途還把普如伊老師給撞倒了。

就在這時候，下課鐘響了。

第五章

梅希在走廊上領了午餐的餐盒之後，就直接往圖書館走去。那裡是她下課時間最常去的地方。以前低年級的時候，看到大家在玩跳格子或者拍手遊戲，她也會跟著一起加入。

可是，現在除了男生以外，沒有人在玩遊戲了。那些女生總是一群一群的坐在一起聊天，聊些八卦，或者跟電視劇和手機有關的事，她已經愈來愈插不上話了。她沒有手機，至於電視機，在被拍賣掉之前，一直是放在飯廳角落的推車上，被一條綴有小絨球的綠天鵝絨布蓋著。她六個月前看的最後一個節目是關於加拉帕哥群島的一部紀錄片。

黛比小姐其實是不准大家在圖書館吃東西的，但不知道為什麼對梅希特別通融。當梅希掀開保鮮盒的蓋子時，腦海裡忽然浮現瑪莉阿姨和芙蘿拉阿姨穿著起毛球的舊浴衣在家裡的廚房幫她做三明治的模樣。

那個畫面就跟塑膠加熱後的味道和熟到快爛掉的香蕉一樣可悲。她想像著瑪莉阿姨用那把破麵包刀切著麵包皮，然後芙蘿拉阿姨一邊嚷嚷著，一邊抓了香蕉擠過來，把加了馬麥醬的三明治裝進回收的舊麵包袋裡。以前她們也會用蠟紙來包三明治，但是最近都盡量使用回收的物品，就連已經浸過四、五次沸水的茶包都會拿到陽臺上晒乾，再泡在煤油裡，準備冬天的時候拿來當火種用。

梅希才剛在她一向待的那個窗角的懶骨頭沙發上坐下來，就聽到小說區傳來一陣抽鼻子的聲音，而且書架的上方露出了一截珍妮絲的金頭髮。接著，她又聽到奧莉薇在問黛比小姐有沒有一本叫做《獅子．女巫．魔衣櫥》的書。

「我記得是一位很有名的作家西西里．路易斯寫的。」奧莉薇的聲音宏亮到圖書館的每個人都把頭轉過來看她。

「妳可以在小說區的路易斯書目底下找到。」黛比小姐把一根手指放在嘴脣上，比了個噓的手勢說。「不過，作者不是西西里．路易斯，而是CS路易斯。」

梅希埋首在她從門口的展示架隨意抽下來的一本書《海洋的奧祕》。其中有一章是〈**魚會覺得痛嗎？**〉不過，儘管她讀了一遍又一遍，一直到午休時間結束，她還是不知道答案。

第六章

梅希上下學騎的是瑪莉阿姨以前的舊腳踏車。一邊騎，還會一邊發出嘰嘰嘎嘎的聲音。而且，坐在高高的椅墊上時，她的腳只能勉強搆到踏板，感覺就像在騎一頭瘦得只剩下骨頭、頭上還長了長角的牛一樣。

大部分的學生都是搭計程車或者由父母開車接送，但是由於瑪莉阿姨和芙蘿拉阿姨小時候都是自己騎車上學的，所以她們認為梅希也應該跟她們一樣。考量到現在的交通比較危險，她們所做的唯一妥協就是梅希只准騎在人行道上，不能騎上馬路，以避開傑斯門路上那些飛馳的計程車。

「掰掰，梅希！」奧莉薇對著從校門口搖搖晃晃的騎著腳踏車出來並經過她身邊的梅希喊道。奧莉薇坐在陰涼處的一張長椅上等她的媽媽，腳邊放著一只拉好了拉鍊的背包。她光滑的皮膚、小小的嘴巴和厚厚的眼鏡，讓梅希不禁聯想到

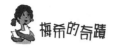

一隻小鼴鼠的模樣。她的制服又大又新，上面的摺痕還很明顯，看起來就像是才剛從包裝袋裡拿出來的。

梅希放開了一隻手把來對她揮手，結果差點撞上坦多。他夾雜在一群互相推擠、踢著用紙揉成的淺藍色小球的男生當中。梅希一眼就認出了那團「紙球」。

＊　＊　＊　＊　＊

他們在午休完畢回到教室的時候，普如伊老師對民俗舞蹈的事又改變了心意。

「如果我無法信賴你們會表現出**恰當**的行為，並且能善加利用這個**有趣的**教育機會。」她當時嚴厲的說，「那我們恐怕就得做一些至少我還能對你們有點掌握的事。」她在每個人的桌上「啪」的發下一張淡藍色的紙，紙的上頭寫著「南非兒童憲章」這幾個字。

「星期五那一天，**每一個**人都要舉一張標語牌，我會幫大家做好。」

梅希知道普如伊老師不想再冒任何的風險了。

「每一張標語牌上面，都會清楚印出兒童的權利來給大家看。你們每一個人都要背誦其中一項權利，當作回家功課。明天彩排的時候，大家都要穿運動褲和一件素色的T恤，只要是南非國旗上的任何一個顏色都可以。」接著，她在藍色、**紅色**、**綠色**、**黑色和白色**這些字的下面畫了好多條線，把粉筆都畫斷了。

碧翠絲舉起了手，「所以，普如伊老師，妳的意思是我們不能穿淡粉紅色的嗎？可是我們有些人穿粉色系比較好看哩！」

普如伊老師索性不回答。她拿著紅筆在一排排課桌椅之間走來走去，為每個人標記出要當成回家功課背誦的句子。

她在梅希的課桌前彎下腰來，在一些字句底下畫線：**所有的兒童都有權享有一個安全、穩定，並能提供教養的家庭，而且有權以成員的身分來參與此一家庭**。然後，她輕聲的拜託梅希，請她坐到坦多的旁邊去幫忙。

「普如伊老師要我幫你背一下你的句子。」梅希把椅子搬過去跟坦多的椅子並排在一起。「她認為兩顆腦袋總比一顆好。」

「喔，那也要那兩顆腦袋不在同一個身體上才行。」坦多把兩隻手擱在腦後，一邊哈哈笑，一邊坐著椅子往後仰。

坦多已經轉到他們班上好幾個月了，儘管上過好幾年的補救課程，他還是有閱讀障礙；不過，他這個人精得連「蒼蠅都停不到他身上」。這是梅希從瑪莉阿姨那裡學來的詞彙，瑪莉阿姨總是宣稱自己也是精得連蒼蠅都停不到她身上。

坦多剛到班上的時候，諾來瑟葳和碧翠絲曾經故意打擊他．「普如伊老師，補救課程的補怎麼寫？」她們故意裝傻問道，「愚蠢的蠢下面是一隻虫，還是兩隻虫？」不過，坦多毫不在意。他就像是一顆被人壓進水裡的球，不管被壓多少次，總是會再彈回來。

「喔，等等，這個我可以。」坦多那天下午用雙手捏著那張藍色的紙對梅希說。

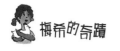

「所有的……兒——童，兒童……有……有……有什麼？」他疑惑的抓抓頭，看著梅希。

「有權。」梅希說，「所有的兒童都有權享有保護，以免於各種形式的暴力，無論是身體的、情感的、口語的、心理的、家庭的……。」

「這也太忙了。」坦多說，「這麼多種暴力？」說完，他就把那張紙揉成了一團，當成一顆迷你足球來踢。坦多根本沒辦法閱讀，更別說要學會那麼多字。

第七章

梅希飛也似的在傑斯門路的人行道上騎著嘰嘎作響的腳踏車。大部分的房子都藏在釘了一排金屬釘的混凝土牆後面。

這條回家的路上，有些地方她很喜歡，比如說，純福音教會前那一大片平坦的草皮；但也有一些地方讓她很害怕，每次都要站起來猛踩踏板，加速通過。其中有一戶的大門門板上有個標誌：「你相信死後的生命嗎？進來尋找答案吧！」還畫了一隻齜牙咧嘴、口沫四射的狗；另外有一戶則畫了一條已經張開了頭頸、準備攻擊的眼鏡蛇，旁邊寫著「小心！」。

梅希一一掠過了那些水泥車道、蒺藜遍布的地方、被白蟻啃蝕殆盡的草地，以及因為汙水外洩而草地終年常綠、地面鬆軟的地方。

最後一段路逼得她從腳踏車上跳了下來；要轉上哈德森路的坡實在太陡了，

儘管她每次都不死心的撐到最後，直到腿痛了，腳踏車也要翻了。

一轉過路口，她就可以看到家了，但是，她忽然想像起社工來做「家庭訪視」的情形，便試著用她的眼光打量了一下這個哈德森路七號。

「沒有圍籬或牆，沒有金屬釘，沒有保全的大門，沒有看門狗，也沒有防盜系統。」社工一定會嘆口氣，然後在官方的表格上注明。

梅希推著腳踏車繞過了一堆被芙蘿拉阿姨放在人行道上、讓有需要的人自取的檸檬，其中有幾顆滾到路上，被車子壓扁了。「散落在地上的食物。」梅希想像著社工在寫字夾板上記下，「招來了很多蒼蠅。」

不過，即使是最挑剔的社工也不能不贊同的是：這間從雜草叢生的院子裡探出頭來的屋子，外表看起來很親切。它穿著紅磚裙，配上白色的牆壁和長長的陽臺。而且，就跟所有的好房子一樣，它也有根煙囪。屋頂上鋪了瓦，還披覆著一層地衣。要非常仔細看，才看得出來木窗上的油漆已經剝落了。

梅希一邊把腳踏車繫到羊蹄甲樹下的車棚桿子上，一邊聽著鋼琴聲和芙蘿拉

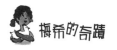

阿姨高亢的歌聲從打開的窗戶傳過來：

「一顆肉丸，一顆肉丸……」

社工會怎麼寫呢？表格上會不會出現一個問題：「這孩子是被完全正常的人家撫養長大的嗎？」

她沿著兩旁長著劍蕨的碎石小徑往上跑，跨上漆成紅色的臺階到門廊上，打開白天時從不上鎖的門。

「侍者的咆哮響徹了走廊，

你只點一顆肉－歐－歐丸可沒麵包！」（注3）

就在梅希把門關上的時候，芙蘿拉阿姨叮叮噹噹的用一串華麗的滑音結束了曲子。

她覺得自己好像剛剛跑贏並擺脫了一隻怪物。

注3：這是Josh White於一九四四年推出的歌曲，歌詞描述一名飢餓的窮人在餐廳前看了一遍又一遍的菜單，最後只點了一顆肉丸。他問侍者能否也給他一片麵包配肉丸，但侍者拒絕。

第八章

家裡依然有股熟悉的家具保養油和藍花皂的味道；然而，梅希還是無法適應那些空蕩蕩的房間。從拍賣商把大部分的家具都載去拍賣到現在，已經過了好幾個月，可是她每次打開前門，都還是會被眼前的景象嚇一跳。

社工對欠缺家具的房子會有什麼想法呢？門廳原本的那面紅藍相間的舊地毯，換成了一張下腳料的小地墊，會不會讓她們因此被扣分？沒了成套的沙發和座椅，又會有什麼問題嗎？沒有畫呢？還有，萬一社工坐到了一把爛椅子，被彈簧戳痛了屁股，那又會如何？也許只有那架佇立在凸窗旁沐浴著金色陽光的鋼琴，可以幫她們贏回一點分數。

芙蘿拉阿姨笑容滿面的看著從她身旁經過的梅希。「親愛的梅希，可愛，太可愛了！」她拍拍梅希的臉頰，眼神閃閃發光。

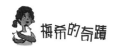

「瑪莉！」她喊道。「梅希回來了，要喝……」可是她似乎想不起來接下來要說的是**茶**這個字。

當這間屋子裡的家具一件一件被搬走的同時，有一些不特定的字眼也從芙蘿拉阿姨的詞彙裡消失了，比如說**訪客**、**時鐘**、**馬鈴薯**，還有此刻的茶。就這樣不明不白的消失了。

走在陰涼而黑暗的走廊上，梅希只能隱約辨識掛在黑暗中的那些照片：它們純粹因為是家庭照，才得以倖免於拍賣。

她最喜歡的其中一張照片，是芙蘿拉阿姨和瑪莉阿姨的父母親結婚當天的照片。新娘長得很嬌小，從頭到腳都裹著婚紗；新郎則是高高的、穿著一身黑西裝，鞋子被兩小片白布蓋著。瑪莉阿姨告訴過她，那叫做spats，結果梅希有很多年一直誤以為是新郎為了讓鞋子在婚禮上看起來閃閃發亮而對它們吐了口水（英文中吐口水這個字的過去式動詞是spat，跟spats鞋罩很接近，梅希因此誤解了）。照片上有好多親戚，還有三位胖胖的伴娘：其中一位戴著眼鏡，一位看起來跟瑪莉阿姨長得很像，三個人都沒有笑容。

另外還有一張照片看起來好像用蠟筆上色過，是瑪莉阿姨和芙蘿拉阿姨小時候跟爸爸媽媽一起在海灘上的合照：姐妹倆打著赤腳，臉頰紅彤彤的，穿著條紋洋裝；但是她們的父親卻穿襯衫打領帶，母親也穿著開襟羊毛衣，腳踩繫繩皮鞋，一臉嚴肅。

梅希的照片只有一張：是她一年級的學生照，頭上綁著兩根緊緊的馬尾，門牙不見了。

回到房間之後，梅希脫掉了鞋襪，放鬆的感受著腳下沁涼的黏土地磚。有一隻小蜜蜂一直在臥房的百頁玻璃窗上嗡嗡叫，她拉了一下金屬桿，打開一片玻璃，想要讓牠飛到花園裡。可是牠沒有。牠只是拚命的用小腳掙扎著，想要爬到玻璃上，卻又一直掉回窗框。梅希只好用雙手捧起牠，幫牠找到出口。

芙蘿拉阿姨以前在花園裡養過蜜蜂。她教導梅希看見蜜蜂的時候，一定要保持鎮定。「牠們是很溫和的生物。」芙蘿拉阿姨告訴她，「只是要過日子和做

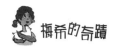

工而已，除非妳威脅牠們。只有在那種情形下，妳才需要小心。」

在臥室窗外的下方，她那隻叫做檸檬的雞，原本在蘭花藤的枯葉中走來走去；忽然間，彷彿想到了什麼，一邊點頭，一邊朝分隔了花園和隔壁空地的圍籬飛奔過去。梅希從這隻雞跟一顆檸檬差不多大的時候就開始養牠了。如今，牠已經長成了一隻白色的大母雞，不管是顏色或大小都一點也不檸檬了。牠以往都是在廚房外的一個紙板箱裡下蛋，但是梅希已經有好幾個星期沒看到那裡面有蛋了。也許她只要快點跟上去，就可以看到檸檬現在是在哪裡下蛋。說不定就是在那片空地上。

那片空地原本也是哈德森路七號大花園的一部分。幾年

前，當她們的生活開始拮据的時候，瑪莉阿姨曾經想過要賣掉它。但是她發現在賣掉之前，還得先花一大筆錢請測量師丈量，再花另一大筆錢去做登記，於是就不了了之。

她們對面的鄰居，德威特先生，幫她們搭了一道圍籬，圍出了一個較小的花園。之後，那片空地很快就長滿了高高的鋪地狼尾草、野煙樹和馬纓丹。還有一株巨大的九重葛纏繞著聳立在雜草之上的野梨樹生長。每一年九月開花時，看起來就像是一棵樹長了兩種不同的花，有鮮豔的粉紅花朵，也有白花。

圍籬搭好的時候，瑪莉阿姨鬆了口氣，因為以後她只要幫屋子四周的小花園除草和割草就好了。然而，芙蘿拉阿姨顯然無法適應這個改變。有時候，她會帶著園藝剪刀出去，想要剪一把杜鵑花或繡球花，卻帶著一臉迷惑回到屋子來。

「那邊應該要有一大片繡球花才對呀！」她會指指圍籬的另一邊。「是被偷走了嗎？還有噴水池呢？梅希，妳不記得了嗎？那個大大的老噴水池呢？也被他們帶走了嗎？」芙蘿拉阿姨最近相信一定有小偷偷走了所有的東西：碎石小徑、花壇、蜂巢、大草皮、噴水池——所有這些從她小女孩時期就一直存在在花園裡，如今卻消失不見的東西。

梅希從圍籬的縫隙爬了過去，小心不讓身上的制服被鐵絲網勾住。「咯、咯，咯咯……」她學著雞叫，但是沒見到檸檬的蹤影。她打著赤腳，小心的閃過了狗屎、蜜蜂和帶刺的薊，走到了野梨樹下站著，仰望從枝葉間透出的藍天。她可以聽到蜜蜂在頭頂上輕聲的嗡嗡叫。

忽然間，轟隆隆的引擎聲掩蓋了牠們的低鳴。一部銀色的四輪傳動車衝上人行道並停了下來。接著，一名臉色脹紅、穿著一襲緊身灰色套裝和尖皮鞋的男子下了車，「砰」的關上車門。他的肩膀和臉頰之間夾著一支手機，手上拿著一枝筆和一本筆記簿。他繞著空地的四周邁步，一邊走，一邊數。

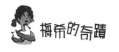

「……大約一百二十，一百三十。這是大略的估計……。」

然後，他罵了句髒話並抬起一隻腳看，結果手機不小心掉了下來，讓他又罵了一句髒話。「對不起！」他對著電話那頭的人說並利用草地來擦鞋子。「只是踩到了屎。」

梅希蹲在一個舊的蜂箱後面。不知道為什麼，她不想讓這個臉色脹紅的人看到她。

第九章

「那位可憐的普如伊老師還好吧？」瑪莉阿姨在梅希的頭頂紮紮實實的親了一下並問道。「妳有把請假單交給她嗎？」

「可憐的不是普如伊老師，是我。」梅希回答。「跳舞的事進行不下去，所以我們要改成做兒童憲章，我必須背一些關於兒童的權利。」她把鼻子皺成了一團。

「難道妳寧可選擇跳舞？」瑪莉阿姨詫異的問道。

「不是啦！」

「那妳不就逃過一劫了！」瑪莉阿姨用一支沒剩幾根毛的老刷子在水槽裡刷洗一顆馬鈴薯。「妳可以大無畏的行使妳的權利說『不用了，謝謝！』，如果妳想的話。」

問題是梅希最近已經說了很多的「不用了，謝謝！」比如說，上個星期，她正要出門上學，德威特先生家那隻叫做公爵的狗，忽然從他家前院竄出來，沿著哈德森路一路追檸檬，還亂咬牠屁股的羽毛，把檸檬嚇得飛到了一棵樹上。等到梅希把牠從樹上抱下來的時候，牠已經怕得像是凍僵了，兩隻眼睛閉得緊緊的，整個身體都在顫抖。瑪莉阿姨找了一條舊毛巾來把檸檬包起來，然後她們倆陪著牠一起坐在早晨的陽光下，一邊搓揉牠，一邊用滴管餵牠喝糖水，花了好幾個小時，才總算把這隻雞安撫下來。

可惜，普如伊老師並不認為照顧一隻受到驚嚇的雞，是梅希可以錯過地理考試的好藉口，便打電話來跟瑪莉阿姨抱怨。瑪莉阿姨顯然不能苟同。

「梅希，我絕不允許**上學**這種蠢事妨礙到妳的教育。」瑪莉阿姨放下話筒之後說。

梅希知道，要是讓社工聽到這種話，麻煩可就大了。不過，這當然還不是她唯一一件要擔心的事。

就拿午茶來講，她們放在搪瓷餐桌上的茶點看起來簡直乏善可陳到了有點可悲的地步。就只有一壺茶、砂糖和便宜的黑麵包而已。沒有奶油，沒有果醬，沒有比司吉麵包，也沒有牛奶。社工一定會注意到這一類的事情。

「我們有沒有什麼東西可以搭配麵包吃？」梅希問。

「有，還有最後一顆成熟的酪梨。」瑪莉阿姨說。她鑽進了洗碗間，但是空著手回來。

芙蘿拉阿姨舀了四小匙砂糖到她的茶裡攪拌，並嚙咬著一片麵包。她的盤子旁邊擺著一個橢圓形的小包裹，看起來包了很多層，而且還用繩子綁著。

「芙蘿拉。」瑪莉阿姨望著廚房的窗外說，「郵差來過了嗎？我在等一封信。」

「我出去看一下！」芙蘿拉阿姨說。她把椅子往後一推，然後急急忙忙的往外走。

瑪莉阿姨趁機拆開了小包裹，取出那顆酪梨。

梅希呆呆的坐著。她感覺到眼睛後面好像有一股熱流，必須要眨很多次的眼，才能把它趕走。眼前的視線變得模模糊糊的，而且她無法吞嚥了。

「梅希？寶貝？」瑪莉阿姨說。「親愛的孩子，妳還好嗎？」

梅希努力的抗拒著那股情緒，可是最後仍然讓兩小滴熱熱、辣辣的眼淚流了出來，完全沒有招架之力。

第十章

瑪莉阿姨陪著梅希坐在她的床上並遞給她一條大手帕擤鼻涕。

「那叫做『阿茲海默症』。」她說：「我讀過的書上是這樣解釋芙蘿拉發生的情況：當你在想事情的時候，你的思緒就像沿著腦袋裡的一條小路前進，而且可以輕輕鬆鬆的抵達目的地。所以，你可以記住字彙、人們的臉、要做什麼功課、如何從學校自己回家……」她坐得更靠近些，並用溫暖的大手搓揉著梅希的背。

「可是，對芙蘿拉來說，那些路似乎被堵住了。她腦袋裡的有些路已經封閉了，有些變成了單行道，還有一些以往很繁忙的高速公路現在堵住了，有一大堆的坑洞和死路，就像市政廳外面在鋪那個討厭的馬路的時候，我們必須想辦法繞路才能到市區的圖書館一樣。妳還記得嗎？」

梅希點點頭。她知道自己只要一開口，一定又會哭出來。

「所以，她的思緒沒辦法再像以往一樣的暢通。有時候，她必須繞一些很遠、很迂迴的路，才能抵達想去的目的地。那些路有時候會把她帶到很接近，卻又不太對的地方。就像今天早上，她想找一支掃把來清掃落葉，卻說成要找個什麼來清掃**飄落物**。」瑪莉阿姨笑了出來。

「而且，我想她腦袋裡的思路恐怕會漸漸愈封愈多條。不過，很早以前就鋪好的路，受損的情況比較沒有像近年的路那麼嚴重。所以，她對五十年前發生的事，記得比昨天發生的事清楚。」

「我們必須告訴社工人員這件事嗎？」梅希想要假裝自己是臨時才想起這個問題的，可是話才出口，她就又擔心自己的語氣會不會聽起來太不在乎。

「喔，不必。」瑪莉阿姨搖搖手說。「我們不需要告訴那些礙事的老傢伙。我們自己就可以處理好這件事的，雖然不會太容易。人生，就像我最喜歡的一位作家說的，偶爾悲傷，多半無聊，可是蛋糕裡會有黑醋栗……」（注4）她伸手到

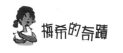

口袋深處摸了摸。「這裡剛好就有一枚。眼睛閉起來，伸出妳的手。」

她把一枚冰冷而扎實的東西放在梅希的手心裡。梅希張開眼睛，發現是一隻銅製的小鳥，立刻用另一隻手把它蓋起來保護。

「謝謝！」她輕聲說。

「我今天在安寧病房幫忙整理東西，有人帶了一整盒裝飾品來。妳要不要把它也放到妳的收藏品裡？」

梅希從床邊的松木床頭櫃拿了一個鞋盒出來，跟瑪莉阿姨一起欣賞她的鳥類收藏品：裡面有形形色色、各種大小的木製、玻璃、銅質和串珠小鳥，棲息在脫脂棉上，還有幾根檸檬的白羽毛。

瑪莉阿姨把手伸向了一顆核桃殼。殼裡有兩隻雕刻的迷你小鳥窩居在藍色的格紋布上。她用手指頭勾著小鳥窩的紅色絲環，把它懸在半空中。「我們以前都會把它掛在聖誕樹上。」她說。

瑪莉阿姨拿起兩顆大大的、看起來以前應該是罐子蓋的陶瓷鳥頭。兩顆鳥頭碰撞在一起，發出了清脆的陶瓷聲。它們有張滑稽的臉、大大的鳥喙，以及兩隻細細的、看起來很狡黠的眼睛。

「這是菸草罐的蓋子。」瑪莉阿姨說。「是我母親送給我父親的。」她把其中一顆鳥頭拿到鼻子前，深深的吸了口氣。

「太棒了！還可以聞到菸草的味道。不知道罐子跑到哪裡去了？」瑪莉阿姨靜靜的坐著，眼神看起來很遙遠。

「氣味，就像是通往過去的大門。」她說，「我聞到這個菸草味，就彷彿又看見我的父親站在眼前。他真的很愛抽菸斗。」她說著，瞥了一眼手錶。「天呀！已經這麼晚了！我最好快點去找一下芙蘿拉。我記得好像看到她在山核桃樹下對著鴿子咕咕叫。」

一個人獨處時，梅希捧起了陶瓷的鳥頭，嗅著那股隱隱約約、溫暖的菸草味。那是一種像是土壤般的乾淨氣味，也像芙蘿拉阿姨用來擦拭那張被拍賣商抬走的老桌子的家具油味道。

她用指尖一一溜過鞋盒裡的每一隻小鳥，然後拎起了原本屬於她媽媽羅絲的一只鑰匙圈。那是凱瑟琳阿姨，也就是她媽媽的妹妹，交給她留作紀念的。串著珠鍊的彈性緞帶，還附著一把梅希跟媽媽一起住了五年的、在奈德銀行廣場的那間小公寓的鑰匙。梅希用手指頭撫摸著鍊片，追循著花紋上像隻長腿火鶴的鳥類輪廓。

那間小公寓留給她的記憶非常少：小小陽臺上鐵欄杆嘗起來的金屬味，還有在浴室天花板上一大塊形狀像戽斗男子的霉斑。她還記得在媽媽去世之後，他們回到那裡的情形。凱瑟琳阿姨緊握著她的手，還有克利佛姨丈，也就是凱瑟琳阿姨的丈夫，把梅希粉紅色的公主羽絨被和衣服一古腦兒塞進了一只黑色的垃圾袋，然

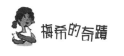

以只買一隻這個尺寸的鞋子嗎？」

店員望了望四周，露出滿臉困惑的表情。

「妳說什麼？」她粗聲粗氣的說。

芙蘿拉阿姨又重覆了一遍她的問題。

「不行！」店員說，然後緩慢而大聲的解釋。「我們只能一次賣兩隻鞋。每雙鞋都是成對的。」

梅希把手放在芙蘿拉阿姨的肩上，想要帶她離開，可是芙蘿拉阿姨不耐煩的聳聳肩並緊抓著櫃臺不放。

「那樣太浪費了！」她看起來好像快哭了。「那我這一隻要怎麼辦？我有兩隻腳啊！」

「走吧！芙蘿拉！」瑪莉阿姨終於趕過來說道。她抓起那隻鞋子，放進了洋裝的口袋裡。

「很抱歉打擾了！」她對店員說，然後一隻手牽著梅希，一隻手勾住芙蘿拉

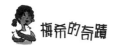

阿姨的胳臂，領著她們走出了鞋店。

「妳為什麼要把我拉走？」芙蘿拉阿姨嘀咕著。「我只是想……。」

「想做什麼？親愛的！」

「我想……妳知道的。」

「我的確知道。」瑪莉阿姨說。「妳想要有兩隻鞋子。」

「沒錯。」芙蘿拉阿姨說。「我想要選擇……我想要選擇可以跟誰說話和做什麼事。我不要妳老是管我！」

瑪莉阿姨把梅希的手牽得更緊了些。梅希抬頭看著她，看到她露出了微笑；可是，這是梅希第一次注意到瑪莉阿姨的模樣看起來有多疲憊。

第十二章

從超市回到家的時候，天幾乎黑了。梅希繞著屋子巡視了一圈，確定所有的窗簾都有拉上，尤其是兩片窗簾中間的縫隙一定要完全密合，不可以讓別人從外面看到任何一絲燈光。

餐桌上堆著買回來的雜貨。瑪莉阿姨仔細的檢查過了每一顆洋蔥，也確確實實的算過每一根香蕉和每一粒豆子，才把它們放進推車裡的。她們還買了超大盒的雜牌茶包、奶粉、一包乾豆和一包湯骨頭；其他的東西，則都只買少少的分量：三塊晚餐打牙祭的羊排、一小包砂糖、一塊肥皂和一枚長壽燈泡。

梅希趁著排隊結帳的時候，看了一下別人的推車。有人買了好幾桶的巧克力優格、衣物柔軟精、脆皮雞，還有三種不同的起司，連看都不必看價錢，就直接把信用卡遞出去。然而，瑪莉阿姨付錢的樣子卻簡直教人不忍卒睹；她用僵硬的手指頭一張一張的數鈔票，還把硬幣全倒在手心裡，算清楚了才遞出去。

「這個嘛。」瑪莉阿姨把食物分別收進櫃子和冰箱裡時說道：「沒有菲力牛排，也沒有鵝肝。不過，至少我們可以活下去。」她洗好了手，開始削一根已經軟掉的胡蘿蔔，是她在冰箱底部找到的。

「戰爭什麼時候才會結束啊？」芙蘿拉阿姨問。「我已經快受不了食物配給制了。我想做個蛋糕。穆林斯太太上星期做了一個蛋糕給我們。妳知道她怎麼樣嗎，梅希？她沒有奶油，於是就用了**礦物油**！我要來好好的做一個礦物油蛋糕。」

「砰！砰！砰！」

銅製門環敲在前門上所發出的巨響穿透了屋子，就像槍聲一樣嚇人。

瑪莉阿姨放下了削皮刀，用茶巾抹抹手，走過去查看。梅希聽到門廳的燈打開的聲音。

她的嘴巴忍不住由於恐懼而乾渴了起來。社工會選在這種時候來做家庭訪視嗎？她可以從廚房這裡聽到有個男子在說話，還有瑪莉阿姨說道：「這個時間恐怕也不太恰當。」

芙蘿拉阿姨踱進了洗碗間，去跟那些塑膠袋混戰。梅希想要跟在大人的身邊，可是洗碗間裡一片漆黑——瑪莉阿姨把這裡的燈泡拔去門廳用了——她只好躡手躡腳的溜向走廊，想要離瑪莉阿姨靠近一點。

她從角落裡偷看過去。又是那位克雷門先生！他用一條胳臂倚著門框。

她把自己藏在走廊上，將額頭貼著冷冷的牆壁，站在那裡偷聽。

「不。」克雷門先生說。「我們兩個都要……只有空地的話，太小了。」

「可是，克雷門先生，我們住在這裡。這棟房子不能出售。」瑪莉阿姨把每一個字的發音都發得很清楚，好像她以為克雷門先生有點耳背的樣子。

「嗯，麥克奈特太太，每個人都有心目中的理想價錢。如果妳可以好好的聽我……。」

「不對，是你要好好的聽我說話，克雷門先生。我跟我妹妹已經在這棟屋子

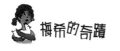

住了超過六十五年，我們完全沒有要搬走的意思。」

「嗯，那妳能不能收下這些……等有空的時候再看一看。」

一陣短暫的沉默。

「謝謝。那就晚安了，克雷門先生。」

然後，瑪莉阿姨就關上了門。

梅希聽到瑪莉阿姨拉開了擺在門廳當電話桌的那張小桌子的抽屜。她連忙趁瑪莉阿姨還沒發現她之前，悄悄溜回廚房。

那天的晚餐吃起來有點辛苦，羊排很硬，每一口都要配很多水才吞得下去。但是，更教人難受的是，瑪莉阿姨對克雷門先生和他來訪的目的隻字不提。梅希一直期望瑪莉阿姨可以說點什麼，卻只聽到刀叉摩擦的聲音。就連芙蘿拉阿姨也沉默得緊，只顧著咀嚼她的羊排。她一直往嘴裡塞食物，塞到兩頰都鼓了起來，可是她不管怎麼嚼，那一球食物就是不肯下嚥，害她急得兩眼泛淚。

「親愛的芙蘿拉，妳不必硬吞。」瑪莉阿姨終於說道。「它實在太硬了。要我說，它比較像公羊排，不像小羊排。」芙蘿拉阿姨小心的把羊排吐在她的手帕上，然後塞進了開襟羊毛衫的口袋裡。

稍晚，梅希做完功課，也讀了從圖書館借回來的書之後，看見瑪莉阿姨正在洗晚餐的碗盤，便又悄悄的溜到了門廳，雖然她不太喜歡大門上方那扇黑漆漆、沒有窗簾的窗戶。她總是想像那裡會有個長得很高，腿很長的人從窗口望進來。

她打開了電話桌的抽屜。在電話簿的上面，躺著兩本小冊子。其中一本是用高級的亮光紙印刷的，上面畫了些小小的、米色盒子狀的房子，以及一張占了半頁大的照片。照片上是一家人抱著一隻小狗一起依偎在沙發上。她讀了讀上面的字：**波伊斯・克雷門及其夥伴們集合住宅，十二戶！最振奮人心、以家庭為導向的新開發案！買得起的價錢！快加入我們的大未來！**

另外一本小冊子，則是在介紹西街尾的一個叫做長青公園的老人之家，上面有兩張照片：一張是穿著工作服的清潔人員，附上一行標題——**我們快樂的清潔人員將一切都維護得既乾淨又井然有序**；另一張則是一朵粉紅色玫瑰的特寫。

梅希曾經去過高速公路附近的老人之家探望芙蘿拉阿姨的朋友穆林斯太太，但是她從沒見到過什麼快樂的清潔人員或玫瑰花，只看到一些天花板很低的房間、黑暗的走道和裹著針織毯在看電視的老太太。有一位老太太的嘴巴一直嚼啊嚼的嚼個不停，儘管裡面根本沒有任何東西；還有一個老先生在鋪了水泥地的院子裡，一圈一圈的繞著走，還一邊拍打手臂並拉扯自己的頭髮。那個地方聞起來有種煮熟的肉末味和一股讓她想起學校男廁的味道。

她把兩本小冊子又塞回了抽屜裡。

瑪莉阿姨過來道晚安的時候，把梅希的枕頭翻到比較涼的那一面，並將一隻手輕輕的放在她頭上，就跟每一晚一樣。梅希緊緊的握住那隻手，希望瑪莉阿姨可以留在她的床邊不要走。

可是芙蘿拉阿姨也穿著浴袍窸窸窣窣的過來了。「我在找浴室，」她說，「它不見了！」

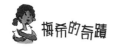

瑪莉阿姨只好收回了手，領著芙蘿拉阿姨朝外走，去幫她放洗澡水。

睡眠過了很久才降臨，而當它終於降臨時，卻彷彿是一個裝滿了噩夢並不斷蠕動的蛇窩。梅希感覺自己像是被鎖在一個房間裡，透過窗口，她可以看到她的母親羅絲，已經死掉了，失去重量的飄浮在空中。而房間外面，克利佛姨丈一直在大叫並對著門口砸東西。「羅絲死了！」他叫喊著。「都是羅絲害我的！我只是犯了一個錯，就得永遠看著這個小孩。」

「梅希只是個小寶寶。」她聽到凱瑟琳阿姨哭著說，「那不是她的錯！」

天才剛亮，小鳥就開始歌唱，瑪莉阿姨從黑暗中走過來，把梅希從所有的叫喊聲中帶出來。梅希抱著瑪莉阿姨的脖子，讓她把自己抱到黃色的汽車上，帶去一個很長、很安寧的睡夢中。樹上有一些白鴿，樹葉在沙沙作響。而且，瑪莉阿姨說她永遠都不必再見到克利佛姨丈，不必再聽到他的咆哮。

第十三章

「大聲一點，梅希！」普如伊老師吼道，**「扯開妳的喉嚨！」**她站在禮堂的後方比手畫腳。

可惜，普如伊老師如果希望自己如雷貫耳的聲音，可以帶動梅希的聲音也一路傳到禮堂後方，她顯然是失敗了。

普如伊老師幫每一個人都做好了標語牌。標語牌面對觀眾的那一面，用黑色的粗體字列出了「各種權利」：**我有受到保護的權利、我**

有對暴力說不的權利、我有受教育的權利**。梅希拿到的標語是：**我有享受安全的家庭生活的權利**。普如伊老師還在每張標語的背面貼上了完整的內容，如果有人記不住自己的臺詞，只要直接照著念就好。她以為這樣就一定可以萬無一失。

遺憾的是，梅希已經可以看到這一招不太管用了：比如說，坦多就替自己保留了根本不說臺詞的權利。即使普如伊老師已經幫他把句子縮短成：**所有的兒童都有受到保護、免於暴力的權利**。

「我有說不的權利！」坦多大聲的說，不管普如伊老師如何費盡脣舌要他講出完整的句子。

「坦多，你實在很難溝通。可以站在全校的面前出席大會，你難道不興奮？」普如伊老師問。

「我還沒興奮起來，普如伊老師，不過我相信很快就會有感覺的。」他說。

普如伊老師用手上的那張紙拍了拍大腿，把注意力轉向坐在舞臺階梯上的悠蘭達。悠蘭達正在檢視著她馬尾上的分岔髮尾，ＪＪ則揮舞著他的標語牌，好像

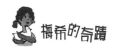

把它當成了一把光劍，一邊朝著空中亂揮，還一邊模仿電子的咻咻聲。

「停，JJ！」普如伊老師喊道，聲音聽起來有點不耐煩。

悠蘭達拿回了她的標語牌，有氣無力的念道：「所有的兒童都有權利受到保護，遭受傷害、忽視和虐待……。」

「什麼？」普如伊老師打岔。

「所有的兒童都有權利受到保護，遭受傷害……。」

「那到底是什麼**意思**？妳要如何受到保護又遭受傷害和忽視？妳到底明不明白妳念的是什麼意思？」

悠蘭達重新讀了一次貼在標語牌後面的內容。「免於遭受傷害、忽視和虐待。」然後又壓低聲音吐了句：「**免於**，什麼鬼……。」

「不，不是什麼鬼，悠蘭達。每一個字詞都是有意義的，會關係到整個句子的意思。可是……喔，我又何必在意？」普如伊老師轉身走向了禮堂的後方，背對著大家站著，並將頭靠在攀爬架上，兩條瘦巴巴的手臂頹喪的垂在腰際。

每個人都安靜了下來。

梅希環顧著四周，想找到一個可以挽救這種情況，並讓普如伊老師起死回生的人。碧翠絲和諾來瑟葳卻在舞臺旁的臺階上，偷偷的彼此擊掌。要是普如伊老師的情緒潰堤了，她們就可以享受到一堂課的自由，她們會立刻開始慶祝。

普如伊老師走了出去。梅希聽到通往禮堂後方洗手間的那扇門發出一陣嘶叫和重重的關門聲。

諾來瑟葳開始在臺階上默默的跳起了多依多依舞（南非種族隔離時期，黑人表達抗議白人統治的舞蹈），她把膝蓋抬高並伸出右手的拳頭揮向空中，另一隻手則揮舞著標語牌，碧翠絲也跟著加入。她們倆打著赤腳在地板上發出輕柔而有節奏的跺腳聲，這個節奏極富感染力。很快的，其他人也開始跟著輕柔的節拍，將握緊的拳頭揮向空中。

站在梅希身旁的奧莉薇瞪大了眼睛，似乎受到了驚嚇。她穿著一件塞進了運動短褲的藍色T恤，眼睛直視著前方，把標語牌舉在身體前方，像舉著一面盾

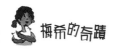

牌。從那天早上到校以後，她就一直緊跟著梅希，像是一隻少了翅膀的飛蟻，只能攀附著前面那隻飛蟻的尾部，在地板上到處亂轉。

坦多跳上了臺階，拚命的揮舞手臂，「嘿，各位！停！」但是似乎只有反效果，大家反而把膝蓋抬得更高、拳頭握得更緊。

坦多用他的標語牌戳了諾來瑟葳一下，見她沒有停下來的意思，便開始揮動標語牌，結果差點打中諾來瑟葳的臉——而偏偏就在這個時候，普如伊老師走了進來。

「坦多！」

「對不起，老師，我只是……」他舉起了雙臂。

「你只是怎樣，坦多？只是想用標語牌打人家的頭？我今天實在拿你沒辦法。本來只想記你一個過，現在變兩個。你要是抱怨，就給你三個。如果還有誰繼續在這堂課的剩餘時間給我製造麻煩，一樣記過。你出去吧！出去！去校長室！」她搖著手說。

坦多把標語牌放下並走了出去。

奧莉薇頂了一下梅希的肋骨，「去跟她說，」她低聲的說，「這不公平！她應該要知道。」奧莉薇轉頭瞪了碧翠絲一眼。

梅希感覺到耳朵一陣刺痛，並發現一根橡皮筋掉在腳邊。她轉頭一看，發現碧翠絲挺拔的站在那裡，嘴角抖了一抖。

彩排終於順利的進行下去。每個人都聽話的照做了。當普如伊老師告訴大家表演的大結尾，每個人都要手挽著手一起唱：「我們是兒童，我們是兒童……」時，也完全沒有人抱怨；儘管梅希可以想見，坦多如果知道了普如伊老師這所謂激勵人心的點子，一定會很想吐。

「太弱了！」普如伊老師說。「加油，再多一點活力！」

可是舉這麼久的標語牌實在是太費力了，所以彩排結束以後，它們全被拖行在地板上。

正當大家紛紛離開禮堂，準備回教室的時候，奧莉薇連說兩聲：「借過！借過！」然後便從人群當中擠了過去，想去跟忙著將標語牌靠牆放的普如伊老師說話。但是碧翠絲一把將她推開並拍了拍普如伊老師的肩膀。

「普如伊老師，我可以幫您把它們抬去儲藏室嗎？」她問道。

「碧翠絲，謝謝妳！」普如伊老師說。「全班至少還有一個學生知道做人的道理。」說完，便開始把標語牌往碧翠絲的懷裡堆。

梅希看著奧莉薇默默轉身走開。

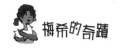

第十四章

梅希在圖書館外面的樓梯間看到了坦多。他提著水桶和刷子，抬眼望著眼前一大片骯髒的混凝土牆。大部分的髒汙都是在肩膀的高度，是人群卡在樓梯上貼著牆壁造成的，隨著時間過去就變成了油垢。

「哈囉！」梅希說。

「囉！」坦多回應。

「你被處罰了嗎？葛里賽夫人要你刷牆壁？」

「Ja。」（南非荷蘭語中，表示同意，讀音類似「呀」。）

「抱歉。」

「沒關係，無所謂的。就像我爸說的：兵來土擋，水來將掩。」他說完哈哈一笑。

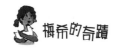

坦多喜歡故意講錯成語，讓梅希不覺莞爾。「我可以幫你的忙，如果你想的話。」

「Ja，只不過……」坦多低頭看著手裡的唯一一把刷子。「我只有一把刷子。哈特雄老師已經把工具間鎖了，而且回家了。」

「我回去拿一把。我家就在附近。」

梅希立刻跑去找她的腳踏車。

回到家的時候，芙蘿拉阿姨正在花園的小徑上拔劍蕨。

「梅希，寶貝，我必須拯救一隻小……我想是一個英文字母。」她爬上紅色的臺階並用劍蕨指了指她的茶杯。

梅希望向那只茶杯，看到了一隻小蜜蜂（bee）在甜奶茶裡掙扎。

芙蘿拉阿姨把劍蕨的葉子插進茶杯裡，小蜜蜂為了保命，立刻爬了上去。

「我要帶牠去噴水池洗個澡。」她抓著那片葉子，往左看看，又往右看看，卻愈看愈迷惑。

「上帝榮耀！噴水池跑到哪裡去了？剛剛明明還在的呀！是被偷了嗎？又一次？」她嘆了口氣，將那隻蜜蜂輕輕的彈到一叢美人蕉上。然後，下一秒，似乎就完全忘了噴水池和蜜蜂的事。

「梅希，我的寶貝……快去洗洗手。我們就要……溫妮和路比都會來。然後我們會去鳥類保護區走一走。」她掀起羊毛衫的一角，露出一個塞進運動褲鬆緊帶裡的牛皮紙包裹。「我準備了一個好東西要送給溫妮當生日禮物。」

「瑪莉！」她對著走廊喊。「我們得快一點。溫妮和路比要來了。她們隨時會到。」

梅希在屋子後頭找到了正在晾溼床單的瑪莉阿姨。她看起來不像是有訪客要來的樣子。

「梅希，小甜心。」瑪莉阿姨嘴裡含著一枚晒衣夾說，「我有事要跟妳說。一個新聞。」

「我知道。有叫做溫妮和路比的人要來喝茶。」

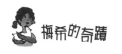

「嗯，那一定是大號外！」瑪莉阿姨說，「因為她們都已經死了差不多二十五年了。她們是我們小時候的朋友。」

瑪莉阿姨停下手邊的工作，望向遠方。「以前，每次放暑假的時候，我們都會穿著睡衣一起在維多利亞街的人行道上玩跳房子。」

梅希無法想像瑪莉阿姨穿著睡衣玩跳房子的模樣，也無法想像維多利亞街會是玩耍的好地方，那裡到處都是超市、停車場和批發商場。

「不，我的新聞是，我想我們應該要找一個房客。」瑪莉阿姨用手背抹了抹額頭。

「房客？」

「我們可以把後花園的那間小木屋整理好。」瑪莉阿姨朝著車棚後面，被紫藤覆蓋而光線幽暗的小木屋點了點頭。那裡現在被當成了儲藏室使用。「那裡有管線，也有廁所。不過，當然我們還要粉刷一下，加裝個水槽。」

梅希很吃驚。她不確定多一個人來跟她們一起住會是什麼情形。多一個人在身邊，也可能會多一份煩惱。

「我們可以收點房租。」瑪莉阿姨說。「多一些錢，日子會比較好過。最近這陣子，我們愈來愈入不敷出了。」

「我們該不會是要租給克雷門先生吧？」

瑪莉阿姨滿臉詫異的表情，讓梅希很後悔提起了這個名字。

「妳還記得他？不是的，我們不是要租給克雷門先生。我們會找個好人。」

找個好人。問題是她們要怎麼知道對方是不是好人？

「這個周末就開始找。我會拜託德威特先生幫忙。」

梅希幫瑪莉阿姨又掛了一條溼床單到晒衣繩上。「好吧！」她說，「可是我是回來借刷子去刷牆壁的。我還要先回學校。」

「我想刷子應該是在大水槽的下面吧！」瑪莉阿姨說。「我們會幫妳留點茶。」瑪莉阿姨從來不過問梅希要去什麼地方，或是跟誰在一起。梅希有時候會因此心裡有點芥蒂，不過今天她倒是很高興。

梅希把大水槽底下的東西全都掏到了地板上，但就是沒有看到刷子，只有一堆破布、舊報紙、一只裝滿舊牙刷的塑膠杯和一個冰淇淋盒子，上面有芙蘿拉阿姨寫的字「**繫繩——零零碎碎的廢物**」。

她聽到水壺被鏗啷一聲摜到了爐子上。接著，防風門打開，瑪莉阿姨從她身邊經過，從洗碗間走進了廚房。

「瑪莉，我做了一遍又一遍，就是做不好。」芙蘿拉阿姨說。

「做什麼事呢？親愛的！」

「我忘了！」芙蘿拉阿姨說。

「我到處都找不到刷子！」梅希說。瑪莉阿姨看了看芙蘿拉阿姨。芙蘿拉阿姨又看看她開襟羊毛衫的袖子裡，可是裡面只有一條手帕。

那只刷子就這樣不明不白的永遠失蹤了，也許是被好幾層的報紙包著，塞到了誰也不知道的地方。會不會是在鋼琴裡？鞋子裡？或是一張床墊底下？

「那我可以拿那些舊牙刷嗎？」

「當然可以！還有，梅希……」瑪莉阿姨翻著手提包找錢，「如果路口那個賣報紙的人還在的話，可以麻煩妳幫我買一份《見證報》嗎？我想研究一下一間花園小木屋現在一般的租金是多少。」

梅希接過了錢並帶著舊牙刷回去學校幫坦多刷牆壁。

第十五章

「坦多，我想葛里賽夫人是要你清洗樓梯間的牆壁。」普如伊老師在點名的時候說。

「我是啊！普如伊老師，我已經清理了。」

「你只清理了一**點點**的牆壁，坦多。你那叫做破壞，不叫清理。」

「我沒有破壞，普如伊老師，噴漆才叫破壞，我是清理。」

「拜託，坦多。我不是笨蛋。那就叫破壞。你在牆壁上畫了一個一公尺大的NO，實際上就是……不服從的表現，而且還在旁邊的牆上寫『RIGHTS ON WALL』那是什麼意思？如果你想要小聰明，最好要學會拼字。」

「我是在幫妳打廣告——妳知道的，關於集會和權利什麼的。」

「在牆壁上或任何地方拼字的行為叫做W–R–I–T–E–S。總之，全校大會是強迫參加的。不需要你幫忙打任何廣告，謝謝！」

普如伊老師走到黑板前面寫下了WRITES、RIGHTS和RITES三個字。「有誰能告訴我，字母不一樣，但是發音卻相同，像這樣的字叫做什麼？」

講臺下響起一片呻吟聲。大家都很喜歡看坦多和普如伊老師一來一往的對話，但不希望它變成課程內容。梅希看著坐在她右前方，就在普如伊老師鼻子底下的坦多。他在椅子上愈滑愈低、愈滑愈低，幾乎快消失不見了。趁著普如伊老師寫黑板的時候，他轉過頭來對她瞪大了眼睛。在牆壁上寫RIGHTS這個字是梅希出的主意。

「有沒有人知道？」普如伊老師對著鴉雀無聲的全班問道。「我給你們一點提示。是H開頭的字。」

「H–O？」

「H–O–M？」

「H–O–M–O？」

「Homosexual？（同性戀）」坦多自動回答。

每個人都嗤嗤竊笑，諾來瑟葳又假裝一陣咳嗽。

「老天！」普如伊老師不以為然的咂了咂舌頭。「這叫做HOMOPHONE（同音字）！」她用大寫的英文字母寫了下來。「坦多，你午休留在教室裡，好好的想想看有哪些同音字，列個表給我。然後，放學以後，我會個別監督你把牆壁清理乾淨，把你寫的東西擦掉。」

坦多把頭往後一甩，彷彿受到了致命的一擊，還翻了翻白眼。

梅希撕了一張紙下來並將她想到的同音字全寫上去：

pane	pain
board	bored
dam	damn
berry	bury
week	weak

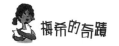

然後，在大家站起來為全校大會再做最後一次快速練習時，她把那張紙塞進了坦多的手裡。

「傳情書嗎？」站在他們後面的碧翠絲問。「各位！注意一下！梅希和坦多在互傳情書喔！真可愛！」

第十六章

結果，放學之後，坦多並不是唯一一個被留下來的人。即使打了鐘，大家都還是得乖乖的坐在位子上聽普如伊老師沒完沒了的抱怨。彩排進行得不太順利。有四個人忘了自己的臺詞；有人把珍妮絲推下舞臺，害她哭了；碧翠絲穿了件故意剪短的迷你牛仔褲，而不是正常的體育短褲；坦多扯破了喉嚨，卻只喊了「不！」一個字；還有，梅希雖然很努力的試著參與，但是普如伊老師說，就連小甲蟲的聲音都比她的大。

「我很失望。」普如伊老師說，「對你們每一個人都很失望。」

可是，這還不是最糟的……。

「你們知道，這個月底就要辦家長之夜了。」普如伊老師說。

梅希根本不知道。這個訊息就像根針一樣的刺痛了她。芙蘿拉阿姨和瑪莉阿姨真的必須來學校嗎？她光想到這一點，渾身就又熱又刺。

「有兩件事我希望你們回家想一想。」普如伊老師說。「家長之夜的主題是『驕傲的南非人』，所以我們會需要一大面南非國旗，還要展示一些南非的物產及發明。另外，希望你們大家可以帶南非的食物來參加之後的野餐。」

「那會是什麼樣食物，普如伊老師？」碧翠絲問。「我可不想吃莫帕尼蟲（產於非洲南部的毛毛蟲，營養豐富，是當地許多人重要的蛋白質來源）。」

每一個人都「噁——」了一聲。

「別胡說，碧翠絲！」普如伊老師說。「南非有很多美味可口的食物：農夫香腸、鮮奶塔、福里卡達爾、印度咖哩餃……沒人需要吃莫帕尼蟲。」

奧莉薇舉手問問題：「請問一下，什麼是福里卡達爾？」

「就是一種用豬肉做的丸子。」普如伊老師說。「你們可以先回家想一想，然後我們再來討論。」

梅希已經開始想了。她可以在心裡看到整個畫面：

家長們一一來到，各位爸爸媽媽們一身俐落的上班族打扮，「砰」的關上銀色大轎車的車門，連關門聲都聽起來很昂貴。她想像他們在一起有說有笑的樣子。然後，爸爸們在運動場架起了烤肉爐來烹調肉類，有許多的折疊椅和冰桶。

然後，她想像瑪莉阿姨和芙蘿拉阿姨開著黃色的老爺車過來，吭啷吭啷的開進車棚，她們頭上戴著大大的棉布遮陽帽，身上穿著開襟羊毛衫。瑪莉阿姨拎著一只舊麵包袋，裡面裝滿了要帶來野餐的食物；芙蘿拉阿姨揣著一個綁得緊緊的包裹，而且將運動衣的下襬捲了起來，這是她每次只要一緊張就會做的事。梅希幾乎可以聽到瑪莉阿姨在跟普如伊老師侃侃而談背誦長篇詩句的重要性。然後是在運動場上的晚餐。喔，她們會跟誰坐在一起？

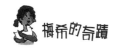

「還有一件我希望你們開始思考的回家功課。」普如伊老師的話把梅希帶回了現實，「就是你們心目中的典範人物——一位對你有所啟發的人。幾個禮拜之後，你們必須針對你所選擇的典範人物在課堂上做口頭報告。我會讓你們利用一些課堂時間到圖書館做準備；不過，我希望你先帶一個名字回來上課。你們可以思考到下個星期中為止，請你們一定要好好的準備，這是一個正式的評量，也是一個機會，可以讓你們認真的思考一下，對你來說，什麼才是真正重要的？你的價值觀是什麼？」

ＪＪ舉起了手。「妳是說我們必須在吉賽爾．邦臣（史上最富裕傳奇超模）和坎蒂絲．史汪尼普（南非的超級名模）之間做出選擇嗎？」

「喔，天啊，ＪＪ，我說的是典範人物，不是超級模特兒。」

「那有什麼不一樣嗎？」ＪＪ轉頭看看大家並聳聳肩。每個人都笑了，只有普如伊老師笑不出來，兩條手臂沉重的癱在辦公桌上。

「儘管笑吧！」她了無生趣的說。「還有，慢慢來，因為你們還要絞盡腦汁的想些好笑的方法來把這件事搞砸。事實上，我很期待你們這一次又會做出什麼鬼東西來。千萬別讓我失望！」說完，她一把抓起了書，昂首闊步的走出了教室。

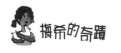

「威斯特美小學的老師從來不會對我們說這種話。」奧莉薇在去拿背包準備回家時對梅希說。

「嗯，那妳也許應該留在威斯特美小學才對。」碧翠絲說。「事實上，妳要不要乾脆就用威斯特美的老師來當妳的典範人物？」

奧莉薇只是透過厚厚的鏡片瞅著碧翠絲。她有一雙超大的眼睛。

「各位、各位！在你們回家之前……」碧翠絲換了個語氣，就好像在腦袋裡按了一下切換開關。「我忘了我應該要把這些生日邀請卡發出去。你們要RSVP（敬請回覆的法文縮寫）。」她伸手到包包裡找，「因為我媽要先訂位。」

她掏出了一疊邀請卡，開始發送給大家。梅希也很意外的收到了一張，坦多有一張，悠蘭達有一張，當然，諾來瑟葳也有一張……。

但是，梅希注意到奧莉薇沒有收到。

「酷！」諾來瑟葳說。「謝謝。下個星期五在Wimpy餐廳。我會去！」

「耶！」碧翠絲說。「諾來，妳今天下午要不要來我們家玩？我們可以開始想想典範人物的事？我要選麥莉．希拉（著名的美國歌手），我已經決定好了。」

「少來！麥莉．希拉是我先選的。」諾來瑟葳說，「不過，算了……我可以改成碧昂絲。」她們倆手挽著手走了。

「再見囉，各位！」坦多把邀請卡塞進了口袋說。「我還要去幫學校做一點維修工作。普如伊老師在等我。」他一邊跑，一邊朝空中拋一只塑膠瓶，拋得高高的，然後再跑過去接住。

「我可以去妳家準備口頭報告嗎？」奧莉薇一邊用她那雙超大的眼睛看著梅希，一邊用嘴巴吸氣。「我媽媽可以載我過去。我想我要選佛羅倫斯．南丁格爾。」

「佛羅倫斯．南丁格爾是妳的典範人物？」

「對。那個護士。或者，我也可以選那個凱特什麼的，喔，密德爾頓，妳覺得呢？」

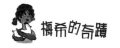

「我不知道。」

「所以，我可以去妳家嗎？」

梅希愣住了。她覺得自己好像正捧著一盆快要滿出來的水在走路，需要全神貫注，才不會讓水灑出來並流進黑暗的下水道裡消失不見。她不能讓奧莉薇或任何人那個周末去她家。

「奧莉薇。」她說，「很抱歉，這個周末恐怕……。」

可是奧莉薇不等梅希說完，就穿著硬邦邦的新洋裝轉身走開，頭也低了下去。梅希知道她快哭出來了，不想讓人看見。

其實，梅希自己也很想哭。

第十七章

星期六早晨，屋子裡一片忙碌。

馬路對面的鄰居德威特先生帶著他高壯的兒子克里夫過來了。他帶了工具箱和一捆捆的塑膠管線，準備把瑪莉阿姨從蘭格麗巴勒勒街的二手店買來的水槽架設起來。

芙蘿拉阿姨的老朋友穆林斯太太一大早就到了，捧著兩個保鮮盒搖搖擺擺的從小徑走上來。梅希打開了盒蓋，裡面是一顆顆烤成深棕色的瑪芬端坐在蠟紙上，上面塗了厚厚的人造奶油和起司粉，旁邊還有南非傳統甜點麻花糖——Keoksisters，一種澆了糖漿、炸成金黃色的麻花捲麵餅。

「麻花糖和瑪芬是晚一點的點心。」穆林斯太太說。「不過，首先，我需要一張椅子和一杯水，而且請妳把門口的灰塵掃乾淨，這樣我的針織品才不會弄髒。」她從肥厚的手臂底下掏出了布包，又從布包裡掏出一大堆淺黃色的針織物。

梅希幫她送來了椅子和水，也清掃了門口。她很想去後院幫瑪莉阿姨把小木屋裡的箱子清理出來，可是穆林斯太太希望自己講話的時候旁邊可以有聽眾。

穆林斯太太嘆了口氣，一屁股坐到椅子上。梅希暗暗禱告椅子上的那面舊帆布撐得住她的體重。穆林斯太太俯向膝蓋，用一根棒針戳了戳那些放在矮牆上晒太陽的茶包。「我有沒有告訴過妳，以前我哥哥抓田鼠來做比爾通（南非特製醃肉乾，通常用牛肉或鴕鳥肉製成）的事？」她問。

梅希當然沒有笨到會說「有」。當一個老人家決定要跟你說一個故事的時候，你最好別想阻止他們，而且他們通常會連說兩遍以確保你不會記錯。因此，她只好假裝對穆林斯太太的哥哥很感興趣，聽她（第三次）說他怎樣剝了那些小田鼠的皮，加上鹽巴醃，並用圖釘把牠們釘在木屋的牆上風乾。

不過，當梅希聽到「誰來幫幫我呀！」的叫聲從廚房門外傳來時，她立刻跳起來衝向了後院。她看到瑪莉阿姨正狼狽的扛著一個底部已經爛掉的大紙箱，想抓住那些從她手中滑落到小徑上的雜誌。

「天呀！」瑪莉阿姨說。「這裡的廢物實在太多了，走廊根本塞不下。我想我們應該先把它們分類好了再丟出去。有些可以送去安寧病房。」

「有些東西可以先放到我房間裡，如果妳想的話。」梅希提議。

「好啊！就把這些雜誌撿起來放到那裡吧！」瑪莉阿姨說。「然後，梅希，請妳在陽臺上架好縫紉機並坐在芙蘿拉的旁邊。拜託妳千萬要提醒她，把窗簾縮短就可以了，可別做成什麼大摺裙之類的。」

瑪莉阿姨從一口箱子裡拉出了一副發霉的藍色長窗簾並抖了一抖，一隻隻蜘蛛和蠹蛾紛紛掉落在小徑上。原本窩在芭樂樹下進行沙浴的檸檬，見狀便衝過來朝著那些急著躲到門墊底下的小東西一陣猛啄。

「梅希！梅希！看看我在小屋外的天竺葵樹叢後面找到了什麼？」芙蘿拉阿姨捧著裝滿雞蛋的圍裙。「我終於解開謎題了，知道……嗯……那隻雞是在哪裡

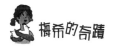

下蛋了。」她消失進了廚房。

「那些雞蛋一定很多都壞掉了！」瑪莉阿姨說。「可不能讓她拿去煎歐姆蛋，要不然整間屋子都會臭掉。哎呀，糟糕！德威特先生要我先幫他把水關掉。那個水槽……。」

她說著走開了去。

梅希拾起廚房外的雜誌，扔進了自己的臥房。然後，她把勝家牌的老縫紉機拖到門口，幫芙蘿拉阿姨先把窗簾布的摺邊固定好。

德威特先生在小徑上來來去去的，不時回頭對他的兒子大喊，「用那隻大扳手」、「我要再買一些橡膠墊片。」

瑪莉阿姨在她們後面的屋子裡氣喘吁吁的將雜誌一一分類好並堆在走廊上，又將一箱箱的雜物丟進梅希的臥房。就連檸檬也沒閒著，牠在走廊上來回奔跑，一邊攻擊那些蠹蛾和蜘蛛，一邊從喉底發出開心的**咕嚕咕嚕**聲。

突然間，**呱！**……大概是瑪莉阿姨不小心在黑摸摸的走廊上踩到了檸檬。梅奈度太太。妳是梅希嗎？」婦人把頭歪向一邊並露出了微笑。「我是負責妳的案子的社工人員。」

第十八章

社工離開後，梅希緊緊抱著膝蓋坐在床上，整個人不停的前後搖晃。她知道有一個很大很大、小孩很容易掉進去的洞，而且是一個無底洞，一旦掉進去了，就會永遠的墜落。媽媽去世的時候，她曾經在洞口搖搖欲墜；後來，跟凱瑟琳阿姨和克利佛姨丈一起住的時候，又經歷了一遍；是芙蘿拉阿姨和瑪莉阿姨伸手把她從洞口的邊緣拉了回來。但是此刻，她又感受到了，她就站在那個火山口的邊緣。

梅希當時帶奈度太太進入了起居室。芙蘿拉阿姨仍然坐在鋼琴前，敲著同一個音符：叮、叮、叮。奈度太太選了最糟的一張椅子坐下，梅希則去喊還在花園裡的瑪莉阿姨。

「奈度太太，您來訪的時間有點不湊巧啊！」瑪莉阿姨說。「很抱歉屋子裡都是這個味道。」

「那只是老雞蛋而已。」芙蘿拉阿姨插話說。「不過，別擔心，我們也可以給您酪梨或檸檬，如果妳想的話。」

不過，奈度太太並沒有想要檸檬或酪梨。她說她很抱歉選在這個時候來，但她事前有打過電話約時間，對方回答說沒問題。

瑪莉阿姨看了芙蘿拉阿姨一眼，但是芙蘿拉阿姨正忙著捲圍裙的下襬，沒有面對她的眼神。

奈度太太希望可以訪視一下這間屋子。

「我必須確認我們的個案，小梅希……」她轉過頭來對著梅希笑了笑並挪挪臀部，避開那些討厭的彈簧，「是居住在一個安全、健康的環境，可以得到正向的支持。」

梅希感覺到瑪莉阿姨的手在輕輕的搓揉她的肩膀。

「那當然，您想看些什麼？」

「我們可以從她的學校成績單開始看起。」

「喔，我把它們給丟掉了！」瑪莉阿姨說。「不過，我可以跟您保證她在學校的表現非常好。我們不太重視學校的成績單。」

「您把成績單都丟掉了！為什麼？」

「嗯，我一向認為過與不及的讚美一樣有害。梅希的成績單上充滿了讚美，我覺得那對她不好，可能會腐化一顆年輕的心靈。她應該要學會為了善的本身而為善，而不是為了讚美或得到高分。奈度太太，我相信您也同意這一點吧？」

但是奈度太太顯然無法苟同。「以後，請您務必將她所有的學校成績單都保存下來，即使您認為那會腐化她年輕的心靈。我必須看過才行。這一次我只能去學校看了。」

「好的，我會的。那我們來看看屋子好嗎？不過，目前可能有點雜亂，因為我們正在進行一些改建。」瑪莉阿姨領著奈度太太邁向了走廊。芙蘿拉阿姨和梅希則尾隨在後面。

奈度太太把頭探進了浴室的門。梅希從走廊上可以看到浴缸裡裝滿了汙水並浸泡著窗簾。奈度太太滿臉嫌惡的跨進去，扯扯馬桶上方的老舊拉繩，可是水箱裡沒有水。

「我們暫時把水關掉了，因為要加裝一個新的水槽。」瑪莉阿姨正在解釋的時候，水管突然發出「砰」的一聲，然後在屋頂上一陣咕嚕嚕響，洗手臺上的水龍頭隨即像隻發怒的貓，吐出了水來。

「啊！水回來了。」瑪莉阿姨關上了水龍頭。

退回到走廊上後，奈度太太在黑暗中差點被一堆雜誌絆倒，正要穩住身子，又因為發現一隻蜘蛛爬上大腿而驚聲尖叫。

「梅希，這是妳的臥房嗎？」她打開走廊盡頭的一扇房門問道。不過，梅希還來不及回答，一隻生氣並咯咯亂叫的母雞就朝奈度太太的臉飛了過來。

奈度太太嚇得尖叫不止，並用寫字板護住臉。最後，檸檬比奈度太太還先恢復鎮定，牠搖著屁股，從走廊往廚房踱了過去，消失不見了。

芙蘿拉阿姨扯了扯梅希。「這位緊張兮兮的女士是誰？」她小小聲的問。

「我認識她嗎？」

「我可以跟您到外面說句話嗎？」奈度太太問瑪莉阿姨。

梅希悄悄的溜進了芙蘿拉阿姨的臥房，想要偷聽兩位女士在門口的低聲交談。奈度太太坐在矮牆上，手裡的筆懸在寫字板上。

「她的課後活動怎麼樣？」奈度太太問。

「**課後**活動？」梅希聽到瑪莉阿姨說。

「芭蕾舞、藝術課、鋼琴課……。」

「我知道課後活動的意思。我只是不認為她需要那些東西。她在家裡就有非常好的課後活動。在這裡，她就可以得到所有最棒的學習機會。她會煮飯、閱讀、養雞、彈鋼琴、種生菜……。我請問您，還有什麼東西，比這些更適合一個小孩學習？」

芙蘿拉阿姨忽然走到了梅希的身邊站著，手裡捧著穆林斯太太的保鮮盒，下巴滴著糖漿。

「梅希，妳一定要吃吃看這些麻花糖。我已經吃了三個。」可惜梅希一點胃口也沒有。她聽到瑪莉阿姨提高了嗓門說：「安全的地方！這裡，對她來說，就是安全的地方！」

瑪莉阿姨轉身走進了屋子。梅希立刻跑過去找她。

她們三個人一起站在起居室的窗口。瑪莉阿姨攬著梅希的肩膀，看著奈度太太走在小徑上。奈度太太剛才不小心坐到了正在晒太陽的一個茶包，然後它就一直黏在她的臀部上。

「反正她活該！」瑪莉阿姨說。

第十九章

社工離開之後，瑪莉阿姨像隻氣呼呼的大鵝似的在屋裡走來走去。「安全的地方！」梅希偷聽到她對芙蘿拉阿姨發牢騷。「我呸！我們就讓她看看安全的地方長怎樣！」

然後，在星期三之前，那間小木屋已經塗上白漆，裝好了水槽，窗子也掛上了一副乾淨的藍色窗簾。

梅希一大早就在上學前出門買了一份報紙回來。瑪莉阿姨把它攤在廚房的餐桌上，搜尋著她們刊登的廣告。她用手指頭循著廣告的欄位，一行一行的滑上滑下，直到出現「公寓出租」的那一欄。在公開的報紙上看到瑪莉．麥克奈特的名字和她們家的電話號碼，感覺實在很奇特。梅希還沒出門上學，電話就開始鈴鈴作響。

「喂，我就是瑪莉．麥克奈特。

對，花園小屋。

沒有，我們沒有提供幼兒的日間托育。」

「不，這裡恐怕不適合經營髮廊。」

「你是說，四個學生？不行，我想空間不夠。」

「不會，我不介意他們有多小。」

「太奇怪了！」瑪莉阿姨說。「大家好像都不認識字似的。」

梅希憂心忡忡的上學去了，就像背著一袋沉重的石頭。她有預感這樣是行不通的。

＊　＊　＊　＊　＊

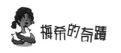

「所以，誰是妳的典範人物？」在教室外面掛背包的時候，坦多問道。

「典範人物？」梅希感覺世界在她的腳下崩塌了。那些關於房客和社工的鳥事，讓她完全忘了她的回家功課。她腦袋第一個跳出來的念頭是：也許她可以請瑪莉阿姨幫她寫張假條。

請允許梅希免於口頭報告。她的心情很沉重，無法參與。

「我忘記了。」她說。

「妳可以用我的。我要做的是『無頭雞麥克』。」

「一隻雞？」

「麥克。牠其實是一隻公雞。妳可以上網查一查。牠的頭被砍掉了，可是牠照樣活了一年半。在美國。」

「在沒有**頭**的情況下？」

「對，牠的主人會用滴管直接從喉嚨餵牠喝牛奶和水。牠甚至還長胖了。牠的主人以前都會帶牠去市集……。」

「坦多，還有梅希，很抱歉打斷你們；可是，大家都在等你們上課，快進教室吧！」普如伊老師撐著打開的門說。

點完名後，普如伊老師輪流問每個人，並將大家選擇的典範人物登記下來。

「奧莉薇？」

奧莉薇起身站在她的課桌旁，清楚而大聲的說：「劍橋公爵夫人。」

「很好。諾來瑟葳？」

「碧—昂—絲。」諾來瑟葳也大聲的說。

「好。悠蘭達。」

「尤蘭蒂．薇瑟。」

「誰？」普如伊老師問。

「她是回答樂團的龐克歌手。」

普如伊老師猶豫了一下，最後還是寫了下來。等到ＪＪ說他選的是模特兒坎蒂絲．史汪尼普的時候，她猶豫得更久了一點。「ＪＪ，你確定？」她問。

「確定。」

她寫了下來。

「碧翠絲。」

「麥莉・希拉，普如伊老師。」

「好吧，梅希？」

梅希沒有回答。

「梅希，妳有典範人物嗎？」

「沒有，普如伊老師。」

「嗯，那麼也許妳可以選尼爾森・曼德拉（南非的反種族隔離革命家，也是第一位民選的南非總統）。」

五個人舉手，「可是，尼爾森・曼德拉是我要選的。」他們異口同聲說。

「沒關係，大家冷靜一下，愈多人選尼爾森・曼德拉愈好。」普如伊老師說。「珍妮絲？」

但是，珍妮絲沒來。

「坦多？」

「無頭雞麥克。」

普如伊老師按了按筆心又將筆來回擺動，敲著掌心。她把嘴歪到了一邊並看著窗外，沉默了好一會兒，才終於嘆氣說：「無頭雞麥克。」並將牠寫了下來。

全班哈哈大笑，坦多則伸手抓住喉嚨，作勢要勒死自己。

第二十章

梅希放學回家的時候，瑪莉阿姨正在擦拭廚房的料理臺，芙蘿拉阿姨則忙著將一束束的花葉和九重葛插進瓶子裡，想要拿來填塞空蕩蕩的起居室。已經有人要來看那間小木屋了。

當第一聲敲門聲響起時，芙蘿拉阿姨連忙躲到了廚房去，坐在餐桌旁假裝在縫補學生襪。梅希從走廊探頭往外看，有一位手臂很長的男士站在門口前。

「我是德瑞克．馬歇爾。」他有點口齒不清的說，並伸出蒼白的手撫平禿頂上的幾撮長長的米色頭髮。

瑪莉阿姨帶著他穿過屋子，從廚房門出去。他們經過的時候，假裝在補襪子的芙蘿拉阿姨連頭都沒抬，所以他也沒有跟她打招呼。梅希跟在後面，盯著他的後腦勺看。那粉紅色的頭皮上有一絲一絲細細的金髮。他的灰褲子拖在地上，褲腳已經磨爛了。看到他鬆垮垮的褲子、粉紅細嫩的頭皮和軟趴趴的手臂，讓梅希莫名的有種無望的感覺。他踏進了小木屋並盯著天花板看。

「多少錢？」他問。

「一個月三千五，含水電。」他掀開已經清洗乾淨並縫好摺邊的藍色窗簾來查看插座。

「我需要在這個牆邊擺一個平面電視。」他說。

「你有家具嗎？比如說：床、冰箱？」

「我不需要冰箱。」他說。「我不做飯。」

「喔！」

接下來，似乎就無話可說了。於是，梅希又跟在瑪莉阿姨和德瑞克．馬歇爾的後面，穿過屋子並目送他離開。

「嗯，把**他**從名單上劃掉吧！」她們看著那位男士開著米色的轎車離開時，瑪莉阿姨說。「光是看到他就讓我想哭了。下一個是誰？」她看看寫了三個名字的名單。

第二位光臨的人更是完全超乎她們的預期。

一部白色的廂型車停到了人行道上，車身上印著大大的豹紋字——瓦古醫生。一位身材魁梧、穿著大得像帳篷的綠松色長袍的男子，甩上車門，踏上了小徑，並伸出他的巨掌。他跟瑪莉阿姨握了握手，然後又抓住梅希的手，就像在捏一片樹葉似的。

「您好！您好！」他從胸腔發出共鳴說：「我是瓦古醫生。」他的聲音讓梅希聯想到靜夜裡有時可以聽見的、從亞歷山大路呼嘯而過的摩托車。

芙蘿拉阿姨把襪子緊抓在胸前，從廚房走了出來，想瞧瞧這些鬧哄哄的聲音到底是從哪裡發出來的。

「我可以進去嗎？好嗎？」他彷彿是指揮官似的，朝屋裡指了指。於是，每個人都跟著他走進了起居室。

他發給每個人一份印在粉紅色的紙張上的小冊子。

梅希讀著上面的字：

我是瓦古醫生，主治幸福的醫生，來自塞內加爾。我可以為您解決各種疑難雜症：協助您找到永恆的愛、治療一般的身體疼痛、讓您事業興隆、保衛您的財產或面對大大小小的各種壓力……由於顧客眾多，請事先預約。電話：0925556778

瑪莉阿姨搖了搖頭，像要甩掉某種咒語似的。

「瓦古醫生，如果照您所說，您有很多顧客的話，我恐怕……。」

「夫人，我不想有所欺瞞。」瓦古醫生用宏亮的聲音說。「欺瞞是所有問題的根源，而這個世界的問題已經夠多了。如果我沒有辦法在這裡營業，我就再另覓他處。」

「我們這裡是個很安靜的社區……。」

「我看得出來。」瓦古醫生說。「我會再繼續尋找。」他伸出一隻巨手，朝市區大概的方向揮了一下。「各位女士們，衷心感謝您惠賜本人機會。」他站起來鞠了個躬。「願各位能蒙受祖先的保佑和庇蔭。願各位受到保護。」

然後，彷彿有一陣旋風吹進來，把他颳到了門外，走下小徑並開著他的廂型車離去。

「我的上帝！」瑪莉阿姨說，「我剛剛差點以為他會把我們全變成癩蛤蟆。妳說是不是，芙蘿拉？」

「喔！」芙蘿拉阿姨學癩蝦蟆叫了一聲。她的手裡還緊抓著襪子，可是她的眼睛亮晶晶的望向小徑，看著那部消失的廂型車。

瑪莉阿姨哈哈笑了出來，梅希也感覺四周的空氣好像有了小小的轉變。也許芙蘿拉阿姨腦袋裡的思路，並沒有每一條都像她們以為的那樣受損嚴重。

「晚安！」小徑上又冒出一個溫和的聲音。一名瘦小的男子站在逆光下，所以梅希看不清楚他的模樣。瑪莉阿姨走下了臺階去迎接他。

「辛格先生，我們沒看到您的車子來了。」她說。

「今天晚上感覺很美好，所以我決定自己從計程車招呼站走過來。」他說。

「麥克奈特小姐，很高興認識您！」他伸出雙手，接連跟瑪莉阿姨和芙蘿拉阿姨握手。「還有這位是？」

「這是梅希。」瑪莉阿姨說。

「梅希。」他握著梅希的手說。「很棒的名字。妳知道莎士比亞是怎麼說妳的嗎？」

「不知道。」

「**慈悲的本質不是勉強。它是來自天堂的甘霖……。**（注5）」

然後，最讓梅希驚訝的是，瑪莉阿姨和芙蘿拉阿姨也附和他，三個人就像彩排過似的一起接下去說：「**是雙倍的祝福：祝福給予的人，也祝福接受的人。是至高無上的力量。**」

梅希覺得彷彿有某種東西降臨到了心裡。就好像一張只有三隻腳而搖搖欲墜的椅子，終於找到了它的第四隻腳，終於可以再一次平穩的佇立在地面上。是因為他溫和的眼神，還是柔和的暮光？抑或是那首慈悲是天降甘霖的詩？

不論是什麼，梅希知道大家都感受到了，因為瑪莉阿姨說：「您想要看看您要住的那間小屋嗎？」

注5：這句話出自莎士比亞的戲劇《威尼斯商人》：The quality of mercy is not strain'd, It droppeth as the gentle rain from heaven.梅希的名字Mercy，在英文中也有慈悲、寬容、恩惠的意思。

第二十一章

辛格先生隔天就搬了進來。梅希從學校回來的時候，看到人行道上停著一輛車輪上有尖狀螺帽的鮮紅色汽車，還有三個人低頭閃避羊蹄甲樹，正要搬箱子到那間小木屋去。辛格先生捧著一棵種在銅盆裡的小樹，跟在他們後面。

「他們是我的兒子拉傑佛、拉胡爾，還有拉米許。」他說。「這盆是我的聖羅勒樹。」

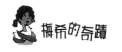

梅希跟辛格先生的兒子們打了個招呼並對那棵小樹羞赧的笑了笑。然後，她就直接進了屋子，躲到廚房的窗簾後面，看他們來來去去。

檸檬正在芭樂樹下進行沙浴。梅希看到辛格先生把他的聖羅勒樹放下並蹲了下來。他伸出手，將不知道的什麼東西揉碎到草地上。檸檬立刻搖頭擺尾的走過去，用嘴巴戳向那些看起來像麵包屑的東西，然後又啣著食物跑掉，打算找個地方慢慢享用。

「去邀請辛格先生過來跟我們一起吃晚餐。」瑪莉阿姨在辛格先生的兒子都離開之後說。梅希只好羞怯的走向那間小木屋。

一進門就可以看到那棵銅盆裡的小樹。門楣的上方掛著金盞花的花環。辛格先生沒有關門，所以梅希只輕輕的敲了一下。

「請進，梅希！非常歡迎妳來！」

辛格先生正彎著腰，將一雙涼鞋擺放在窗子底下。房間裡很乾淨，棉被已經摺好了。辛格先生買了一個小小的五斗櫃，並整理出一個有電烤盤和水壺的小廚房。有一個書櫃上擺了些盤子、馬克杯和一套杵臼。不過，梅希的視線被角落裡的一張小桌子勾了過去，因為那上面看起來像是擺了一個色彩鮮豔的玩具——那是一隻被花朵環繞、穿著紅色絲綢的塑膠象。

「來見見象神甘尼許。」

她走近之後，才發現祂其實並不完全是一隻象；雖然有長長的象鼻子和可以搧風的大耳朵，但祂也有像人一樣的肥肚子和四隻手，而且盤腿而坐。

「甘尼許是主掌掃除障礙和重新開始的神。所以，我今天一定要讓祂感覺特別的受到歡迎和舒適。」辛格先生說。「我向祂獻花，也點亮了燈。我們叫做**普拉特那**（印度教祝禱的儀式）」他指著那些紅色的木芙蓉花，和在那尊奇怪的塑像底下一小盤焚燒的棉花。

「瑪莉阿姨邀請您過去跟我們一起吃晚餐。」

「謝謝。妳們真好。」辛格先生說。「請轉告她，我馬上就到。」

從辛格先生在晚餐時回答瑪莉阿姨的上百個問題，梅希知道了很多關於他的家庭背景。辛格先生是個鰥夫，他的妻子桑吉塔十年前因為癌症去世了。他原本跟叫做迪娜的女兒和她的三個孩子一起住在萊斯山。

梅希被一堆新名字給炸昏了。她已經見過拉傑佛、拉胡爾和拉米許。現在，她的腦袋又要再挪出一些空間來給卡瑪兒、庫瑪兒、普里亞和不知道誰的未婚夫——那里尼。辛格先生之所以要搬出來，是因為他們其中之一（卡瑪兒或庫瑪兒）即將要結婚，家裡必須空出一個房間。他們有一位在攻讀牙科，有一位即將成為特許會計師，還有一位目前仍然是學生。不過，她實在分不清哪個是哪個。

「我想您可能會想念家人。」瑪莉阿姨說。

「喔，他們會來探望我。不過，我已經來到了人生的一個階段。我們印度教徒相信一個人到了某個年紀，就必須歸隱森林。所以，現在這個小木屋就是我的森林。」他微笑著說。「我要開始專注在心靈的事物上。」

「了不起！」瑪莉阿姨一邊倒茶一邊說。「我必須說，我還挺欣賞這種想法的。」

梅希有點擔心瑪莉阿姨也會想歸隱到森林裡，那她和芙蘿拉阿姨要怎麼辦？

「梅希，跟我說說，妳是怎麼會來到這個可愛的家庭的？」辛格先生把茶杯遞給大家時問道。

梅希啜了一口茶，不知道要如何回答。瑪莉阿姨只好代她說：「芙蘿拉認識梅希的媽媽羅絲和她的阿姨凱瑟琳。她們以前在同一個合唱團唱歌。」

「原來如此！」辛格先生說。

「梅希的媽媽車禍去世的時候，她才五歲。」瑪莉阿姨接著說。「後來，她就去跟她的阿姨凱瑟琳和姨丈克利佛一起生活。那不是一段很快樂的時光就是了。然後，有一天，她的凱瑟琳阿姨問我們有沒有意願領養她。」瑪莉阿姨看著梅希微笑。「我們真是開心極了。畢竟，這棟大房子裡只有我們倆，就好像一個杯子有兩顆小石頭在裡面磕磕碰碰的。」

「這對妳們來說，是多麼好的祝福。」辛格先生說。

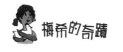

「沒錯！」瑪莉阿姨說。「直到現在也依然如此。辛格先生，您退休之前是在哪裡高就？」

「我在維多利亞路上的雀巢巧克力工廠工作了三十年。但是，二〇〇六年工廠關閉了，我也只好提早退休。」

「你有沒有帶一點那種巧克力來給我們？」芙蘿拉阿姨問。一提到巧克力，她的臉就亮了起來。她坐在餐桌前把一條抹布摺了又開，開了又摺，把它摺成了一個小方塊。

「沒有，我沒帶！」辛格先生說。「不過，妳的運氣很好。我有比巧克力更棒的東西……梅希，在我床邊的小桌子上，可以找到一個冰淇淋的盒子。如果妳去幫忙拿來的話，我們就可以一起分享裡面的東西。」

梅希因為太害羞了，不敢告訴辛格先生說她不敢摸黑到外面，只好從廚房門飛奔出去，低頭閃過芭樂樹，然後打開小木屋門口的燈。

黑暗中忽然響起一根樹枝折斷的爆裂聲，讓她嚇得整個人幾乎呆住。那聽起來就像是有人踩到了一根樹枝。

她停了幾秒鐘，心臟跳得像隻被關在紙袋裡的小鳥，可是四周只有一片沉靜。然後，芭樂樹上的蝙蝠開始發出嗶嗶嗶的叫聲，隔壁人家也傳來電視節目主題曲的悠揚樂聲。她一把抓起了冰淇淋的盒子，又飛奔回主屋，「砰」的關上洗碗間的門，然後打開廚房的燈光。

「梅希很怕黑！」芙蘿拉阿姨對辛格先生咬耳朵。「所以，她會把燈都打開，還要把窗簾拉上。」

「完全可以理解！」辛格先生說。「梅希，我在妳這個年紀的時候，也很怕黑。我總是關了燈就直接跳到床上，因為我怕有人會躲在床底下抓我的腳踝。」不說完，他停頓了一下。「我告訴妳還有誰也怕黑：我的老朋友，莫哈達斯。不過，事實上他什麼都怕：怕黑、怕小偷、怕蛇，還怕鬼。喔老天……我有好多關於莫哈達斯的故事可以跟妳說。」他轉了轉眼珠子，露出有些懊惱的表情。「很不幸的是，他的學校功課也不怎麼好。」

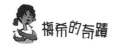

「這個嘛，梅希的學校功課可好得很喔！」芙蘿拉阿姨說。「她從四歲開始就會閱讀了。」

「嗯，我相信。這沒什麼好訝異的！」辛格先生說。「不過，莫哈達斯可糟得很。他不會背乘法表，也記不住古吉拉特語（印度官方語言之一）的字母表。說真的，他看起來根本沒有什麼前途。他總是跑步到學校，上課遲到，然後趕在別人取笑他之前跑回家。他是個畏畏縮縮又很普通的學生。」

「那可真令人遺憾！」瑪莉阿姨說。

「是啊！」辛格先生嘆氣說。

「你的這位朋友，莫哈達斯，他是……該不會是我知道的那個人吧？」瑪莉阿姨問。

辛格先生點點頭，笑了笑，並敲敲他的鼻翼。梅希困惑極了。這個沒救的莫哈達斯到底是誰？

然而芙蘿拉阿姨對這些故事絲毫不感興趣。她已經打開了冰淇淋的盒子，發現裡面裝滿了小點心。

「麥克奈特小姐，妳一定要幫我吃那些鷹嘴豆糕。」辛格先生說。「那是我的朋友索尼太太做給我的。她用了一個特殊配方——濃縮牛奶。可惜我膽固醇高，不能吃。」他拍拍自己平坦的肚子，並將那些撒了杏仁片、看起來像奶油軟糖的金黃色小點心遞給大家。

芙蘿拉阿姨的兩頰很快就因為鷹嘴豆糕而鼓了起來，而且梅希看到她還偷藏了一塊到開襟羊毛衫的袖子裡。

梅希小口的啃著鷹嘴豆糕，可惜她不太有胃口。她滿腦子想的都是在花園裡聽到的那個腳步聲。

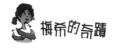

第二十二章

隔天早上，梅希起床上學時，從廚房窗口看見了在芭樂樹下的辛格先生。儘管空氣中還帶著點涼意，他身上卻只穿著一件背心和寬鬆的睡褲。他先彎腰碰碰腳趾頭，再向後仰仰身、轉一轉肩膀，接著，他拍拍胸口，並將兩隻胳臂轉得像風車一樣。檸檬在他的腳下到處啄食。

也許，接下來一切都會很好的。也許多了一份房租之後，她們就可以多買一點食物和整修屋子，也許克雷門先生就不會再來打擾她們了。還有，如果那個社工又帶著法院命令回來的話，也許瑪莉阿姨就有錢請一位律師來阻止她把梅希帶走了。

在上學的路上，梅希一直不停的反覆練習那句話：「**根據二〇一〇年通過的兒童法，每一名孩童都有權利尋求法律援助；因此本人要求在此項程序尚未完成**

前，暫停執行此一命令。」她尤其喜歡說那一句：「本人要求在此項程序尚未完成前，暫停執行此一命令。」瑪莉阿姨告訴她這句話的意思就是事情還沒決定。

可是，等到梅希抵達學校以後，她馬上就發現還有更多的事情要煩惱。

第一件事是普如伊老師一排一排的發下了抽獎單。學校為了要更換運動設施和粉刷禮堂，正在募款。老師希望每個人都可以有所貢獻。

「如果你不想挨家挨戶的推銷抽獎券，那我希望你可以請求你的爸爸、媽媽至少替你買五張。每一張抽獎券的價錢是十蘭特（南非貨幣，一蘭特約一．八元新臺幣）。頭獎是你們全家可以在塔拉野生動物保護區住兩晚。另外還有一些其他的神祕獎項，我們會在兩個禮拜後的家長之夜進行抽獎。」

梅希可以想像得到瑪莉阿姨聽到要她為了學校更換新的運動設施而付出五十蘭特會怎麼說：「五十蘭特！運動設施？他們就不能把錢花在更有意義一點的地方嗎？」

「還有，賣最多張抽獎券的同學，可以得到額外的獎勵。」普如伊老師故意

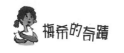

停頓了一下，製造更刺激的氣氛。「去位於德班的烏沙卡海洋世界一日遊，完全免費！好了，現在把你們的數學作業簿拿出來。」

他們正要打開作業簿的時候，校長葛里賽夫人又從教室的門口探頭進來：「普如伊老師，可以請您到我的辦公室來商量一下事情嗎？」

梅希感覺腳底下有個暗門發出了嚇人的吱嘎聲——彷彿它即將開啟並將她甩入一片漆黑之中。一定是那個社工來了。她知道，一定是奈度太太來跟老師們會面了。而且，她一定會發現所有的請假單，知道梅希總是缺席地理考試和學校運動會，也知道她幾乎從不參加全校集會。

「各位同學，請安靜的做數學題目。」普如伊老師說。「我很快就會回來。」

梅希覺得口乾舌燥，儘管她打開了簿子，眼睛瞪著那些數字，卻一題也解不出來。

普如伊老師回來的時候，梅希以為她會用同情的眼光看過來，可是並沒有。

普如伊老師是對著全班講話。

「我想你們或許已經注意到了。」普如伊老師望著遠方說，「珍妮絲最近都沒有來上學。有人注意到了嗎？」

梅希這才意識到她已經很多、很多天都沒有想到珍妮絲了。她生病了嗎？還是死了？她轉頭看看大家。每個人都似乎有點被普如伊老師嚴肅的語氣嚇到了。

「嗯，珍妮絲已經休學了。我們班顯然有一些人——她沒有說是誰——反正有一些人對她非常不友善，她已經受夠了。所以，她決定休學，再也不回來了。」

全班一片沉默。

「我想……」普如伊老師說，「我們必須談一談什麼叫做霸凌。」

於是，他們談了。或者應該說是普如伊老師談了。她告訴大家霸凌的定義：就是使用武力、威脅或強迫的手段來凌虐、恐嚇或支配別人。霸凌有各種不同的形式：情感上的、口頭上的、身體的和網路的——也就是在網路上霸凌。他們也學習到在班上發展所謂的反霸凌文化是很重要的。那些袖手旁觀霸凌的情形發生，卻什麼事都不做的人，叫做旁觀者；而當一個旁觀者是不好的。另外，預防霸凌，最好的方法就是：

挺直的站著

堅定的目視對方

而且

要有自信

梅希覺得這好像有點講不通。珍妮絲每次都站得很挺，她的個子比每個人都高；奧莉薇也對別人目視得很夠，她都用她那雙超級巨大的眼睛看人。然而，站得挺和目視對方既沒幫上珍妮絲的忙，也幫不了奧莉薇。她們的確可以試著有自信一點，但是梅希知道，當一個人內心覺得渺小又膽怯的時候，這有多難做到。

「大家有什麼問題要問嗎？」普如伊老師說。

沒有人有任何問題。

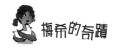

「那有什麼想法嗎？」

還是沒人說話。

「那我們先暫時把這些不愉快的事擱到一旁。」普如伊老師說。「也把你們的數學作業簿收起來，請安安靜靜的列隊，我們要去圖書館準備有關典範人物的報告。」

有八個人選擇了尼爾森・曼德拉，卻沒有足夠的書可以分配。大家搶來搶去的，梅希只好抱著筆記本站在一旁。

「一次只能拿一本關於曼德拉的書。」普如伊老師顧不得圖書館必須輕聲細語的告示，大聲喊道。「抄好你的筆記，然後就把書傳給下一個人。你們一定要記得跟別人分享。也許有些人會想要考慮一下，換成戴斯蒙・屠圖大主教（一九八四年諾貝爾和平獎得主，致力於廢除南非種族隔離政策）。」

普如伊老師說完就走進了電腦區的隔間，去幫助那些必須使用網路的人；因為圖書館沒有任何關於麥莉・希拉、碧昂絲或無頭雞麥克的書。不必在奧莉薇的旁邊做作業，梅希覺得格外輕鬆，畢竟她自己的問題就已經夠多了，實在沒力氣再去管她是不是表現得像個旁觀者的事。

她找到了一個不必跟別人擠在一起的安靜角落，假裝在寫作業。其實，她只是在畫小圈圈而已。她一直一直的畫，畫了太多圈圈，把紙都畫穿了一個洞。

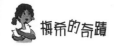

第二十三章

「我們在外面，梅希，在花園裡！」

他們三個人坐在舊帆布躺椅上，沐浴著接近傍晚的午後陽光。整個畫面看起來十分祥和：有鴿子在咕咕叫，小蜜蜂嗡嗡的飛來飛去，檸檬到處又抓又啄；而芙蘿拉阿姨低著頭蜷在她的躺椅上熟睡。在堆肥的附近有一叢小小的篝火正冒煙燃燒，一個有腳的小金屬網架上，擺了一鍋水。

「快來加入我們吧！」瑪莉阿姨的腿上有一堆待補衣物。「電莫名其妙的就斷了，所以我們乾脆到外面來燒茶喝。辛格先生幫我們找了個很不錯的網架煮東西。」

辛格先生的膝蓋上擺著一塊砧板，他正在用一把小刀的刀尖剔除豆莢裡的小種子。

「我在刮小荳蔻的種子，準備拿來煮印度茶。」辛格先生說。「叫做馬薩拉茶（印度人喝的香料奶茶）。我只能給妳一點點……」他用手指比出大約三、四公分的高度。「要是妳不喜歡，也沒關係。」

「電怎麼了？」

「我也摸不著頭緒！」瑪莉阿姨說。

「就突然**砰**的一聲巨響！」辛格先生說。「我們才剛把茶壺放上去煮。」

「德威特先生說他明天早上會來看看是怎麼一回事。在此之前，我們只能先勉強將就一下。」

聽起來，實在讓人有點擔心。

梅希盤腿坐在草地上，然後把檸檬抱到了腿上，撫摸著那像絲一般光滑的羽毛，讓人覺得有種很安心的感覺。檸檬只有一副一成不變的表情，從來沒有改變過，就是一張母雞的臉，上面有兩顆亮晶晶、小珠子般的眼睛；不過，牠每次一開心，就會**咯咯咯**的發出滿意的叫聲。

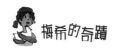

呢！不過，有趣的是，我的朋友莫哈達斯，我想我昨天晚上提起過他，他也不喜歡在大家的面前講話。」辛格先生伸出一隻手在面前揮舞，想趕走一直繞著他飛來飛去的一隻小蜜蜂。

「真的嗎？」瑪莉阿姨說。「這可真讓人意外！」

「沒錯，他一點也不喜歡。他還是個在倫敦的年輕留學生的時候，交了些朋友，是一群跟他一樣喜歡素食的朋友。他要離開英國並返回印度的時候，他們為他辦了一場惜別的晚宴，因為大家當時已經很喜歡他了。」

「倫敦？印度？」梅希很驚訝。她以為辛格先生的這位朋友就住在彼得馬里茲堡。

「說來話長。」辛格先生說。「不過，是的，他是在印度長大的。總之，在倫敦的時候，莫哈達斯決定要在晚宴結束的時候，說些有意思的話，好好感謝他的這些新朋友；可是當他站起來準備說話的時候，卻一個字也講不出來。他就像條傻魚似的站在那邊，一直打開又閉上他的嘴巴；最後，他受不了自己的蠢，只

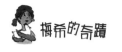

好坐了下來，請別人幫他用讀稿子的方式來完成演講。」

「他一定覺得自己蠢斃了！」

「是啊！不過，後來他克服了這一點。事實上，他說，那對他來說是一次很好的經驗，教會了他要說得更精簡一點。」

「你這位叫做莫哈達斯的朋友是誰？瑪莉阿姨，為什麼連妳也認識？」

瑪莉阿姨和辛格先生交換了一個微笑，就好像他們共享　個祕密似的。然後，辛格先生說道：「我會帶妳去見他，那會是我的榮幸。」

「他現在住在這裡嗎？在彼得馬里茲堡？」

「喔，別急！先別急！」辛格先生說。「我星期六早上就帶妳去。現在我要妳先嘗嘗看這個馬薩拉茶。」他遞給每個人一杯香料茶。「我去拿點糖來。」

他暫離的時候，梅希交給瑪莉阿姨一張關於家長之夜的通知單，瑪莉阿姨必須在上面簽名以示讀過。普如伊老師說她明天會檢查，繳出來的通知單沒有簽名的人就會被記缺點。

第二十四章

星期五下午，梅希如釋重負的回到了家裡。天氣很潮溼，她的襯衫制服整個黏到了背上。她直接走進自己的房間，踢掉悶熱的鞋襪，整個人癱在床上，瞪著天花板。

那一天，在學校裡發生一件讓她有點難過的事。放學鐘響之後，她去牽腳踏車前，先去了趟洗手間。

自從上次拒絕讓奧莉薇來家裡之後，她就一直迴避著對方，而對方似乎也在迴避她。事實上，奧莉薇幾乎迴避著每一個人。梅希可以辨識得出她這段時間寫在臉上的那副表情，就好像在說：不讓自己崩潰就已經耗盡了所有的心力，再也沒有多餘的力氣了。奧莉薇不再自願幫忙，而且大部分的下課時間都待在圖書館，不跟任何人講話。

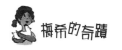

在洗手間裡，梅希聽到有人進去她旁邊的隔間，取下滾輪上的衛生紙，擤了擤鼻涕，然後到洗手臺洗手。

直到她聽到諾來瑟葳和碧翠絲故意用唱歌般的聲音喊了句：「嗨，奧莉薇！」她才意識到那個人是誰。

水龍頭嘩啦啦的流水聲掩蓋了奧莉薇模糊不清的回答。

「嗯，奧莉薇……」碧翠絲說。「如果妳星期五可以來參加我在Wimpy辦的派對，那就太好了！」

「真的嗎？妳邀請我？」奧莉薇問。

「Ja，當然。很抱歉我之前沒有邀請妳，因為我媽說必須限制人數。不過，現在沒問題了。六點鐘在購物中心的Wimpy。」

「好的，謝謝。」

「所以，妳會來吧？」

「會，我會。」

撐著一把傘，等著篝火上的水煮開的畫面。她從洗碗間的門探頭出去看，透過從簷槽滂沱而下的雨幕，她可以看到堆肥旁並沒有生火，車棚裡也沒有車。

這是她頭一次放學回來發現家裡空蕩蕩的，讓她不禁有種很不尋常的感覺，而且飢腸轆轆。爐子上的煎鍋裡有些食物：是一塊一塊褐色的東西。她拿湯匙戳了戳，看起來很像茶包。難道芙蘿拉阿姨把茶包拿來煎了？

她在走廊上滑了一跤，一屁股摔在一灘水上，才赫然發現雨水一直沿著牆壁往下灌，連天花板也塌陷並滴著水，她趕緊拿了水桶和鍋子來接雨水。

就連她的臥房也在漏水，這是以前從來沒有發生過的事。她將一只塑膠臉盆擺在她的床邊，然後盤腿坐在床上，聽著**叮叮咚咚**的雨滴，心裡充滿了孤立無援的感受。光線暗得無法閱讀，她只好將收藏著各種小鳥的鞋盒拿出來，並將小鳥們一隻一隻排放在燭芯紗床罩的條紋上。她把它們分成了幾個家族小組：三隻串珠小鳥、五隻木頭鳥、三隻銅鳥、四隻羊毛氈鳥以及兩隻陶瓷鳥。總共十七隻小鳥。

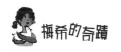

她等待著有人可以來拯救她。

終於聽到汽車開上車道的聲音時，她立刻跑過去廚房查看。瑪莉阿姨和辛格先生幾乎是用抬的把芙蘿拉阿姨從雨中攙扶回來。

「梅希寶貝，妳一定很擔心我們。」瑪莉阿姨扶著芙蘿拉阿姨從梅希撐開的洗碗間門走進來。「真是一團亂七八糟。」

「的確有點刺激！」辛格先生氣喘吁吁的通過走廊，到毛巾櫃拿了些乾毛巾回來。「我的天！」他看到那些鍋子和水桶時喊了句。

原來，那天下午，瑪莉阿姨和辛格先生忙著修理忽然神祕脫落的晾衣繩，沒注意到芙蘿拉阿姨已經不見人影。他們本來以為芙蘿拉阿姨是在自己的臥房裡，後來才發現不是。

他們只好到處去找她，就連在聖派翠克路轉角賣報紙的那個小販也暫時丟下他的攤位，到奈德銀行廣場去幫忙找人。辛格先生徒步踏遍了派勒姆區的每一條街道，瑪莉阿姨則開車到市區的圖書館、泰瑟姆美術館、整條亞歷山大路、艾伯特盧圖利路、各家醫院，以及在蘭格里巴勒勒街上的警察局。可是，到處都沒有看到她的蹤跡。

「就好像在尋找一根被風吹走的羽毛一樣。」瑪莉阿姨說。

「不過，她現在就在這裡。」辛格先生用一條舊毛巾擦拭著地板說。「而且平安無恙。」

芙蘿拉阿姨也許很平安，但她看起來一點也不「無恙」。她的臉色蒼白得像顆馬鈴薯，渾身都在發抖。而且，由於瑪莉阿姨在幫她擦頭髮，她的髮絲一根一根像羽毛般的豎立了起來。她的懷裡還緊緊的揣著一個小包裹。

「親愛的梅希，把小包裹拿去收好。」瑪莉阿姨想拿走那個包裹，可是芙蘿拉阿姨卻把它抱得更緊。

「這是要給國王的！」她拒絕跟它分開。

「我們會好好保管這個禮物的，芙蘿拉。妳必須換上乾衣服去床上休息。」

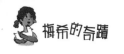

瑪莉阿姨把小包裹當成了一個小寶寶似的、慎重的交給了梅希。梅希很驚訝它居然如此沉重。她把它放到了門廳的桌上。

瑪莉阿姨送芙蘿拉阿姨上床休息的時候，辛格先生告訴梅希，經過了幾個小時瘋狂尋人的過程之後，他們終於在亞歷山大公園的板球場找到了芙蘿拉阿姨。她告訴他們說她在等喬治國王路過，想要送他一個禮物。

「喬治國王？」梅希問。「他是誰？」

原來，喬治國王在許多年前曾經是英國的國王，他和伊莉莎白公主和瑪格麗特公主在一九四七年來彼得馬里茲堡訪問過；而當時還是個小女孩的芙蘿拉阿姨就站在板球場上，在他經過的時候揮舞旗子和唱歌。

「我們找到她的時候，她一邊淋著雨，一邊在大聲唱歌。她完全沒有注意到喬治國王根本不在那裡，也沒有見到他的歡迎委員會。就一個抱著沉重的包裹、在大熱天走了差不多三公里路的人來說，她看起來挺開心的。」辛格先生哈哈笑了幾聲。

「不過，我們總算找到了她，而且她現在很平安。以後要記得更留意一點就是了。現在我們要來煮點什麼晚餐？」他搓了搓雙手。「幸好有這個小瓦斯爐。」他翻翻冰箱並端出一碗骨頭和一顆老洋蔥。「煮湯，還是煎鬆餅？」

梅希和芙蘿拉阿姨配著檸檬汁和砂糖吃鬆餅。瑪莉阿姨和辛格先生則配著剩下的豆子吃。

瑪莉阿姨幫芙蘿拉的那一份用托盤裝好，讓她拿到床上去吃。然後，他們一起在廚房裡就著燭光進食，聽著雨滴叮叮咚咚的落進水桶，還有芙蘿拉阿姨顫抖的歌聲從走廊傳過來。

「何日再歸來？何日再歸來？
最深愛的你，何日再歸來？」

晚餐過後，瑪莉阿姨和辛格先生在清洗餐具時，梅希悄悄捧著一根蠟燭走到門廳，拆開了小包裹的繩子和一層層報紙。裡面是個水泥色的陶器──一根又彎又粗的管子，上面還有一道道的裝飾脊梁。梅希覺得它看起來像是某樣東西的一部分，可是她想像不出到底是什麼。

「所以，辛格先生，你看到了，她現在的生活就是這樣。」梅希聽到瑪莉阿姨在廚房裡說。

梅希把那個奇怪的陶器小心的放回桌上，不發出半點聲音，然後呆立在門廳裡偷聽。她連口水都不敢嚥一下，就怕會漏掉任何一個字。她聽到刮洗碗盤和水嘩啦啦流進水槽的聲音。

「過得很辛苦，我不能現在拋棄她，我就是沒辦法這麼做。」瑪莉阿姨說。很長的一段沉默，以及餐盤滑進水槽的聲音。

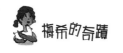

「那並不是拋棄，麥克奈特小姐……。」

「對，可是我就是沒辦法把她留在那裡，感覺好像我背叛了她。那些地方都是些可怕又冷漠的機構，他們不會好好的給她吃飯，也沒有什麼感情。沒有人有辦法在那種地方活得好。」

他們又沉默了一會兒。瑪莉阿姨到底為什麼會想要送她到那種地方？是因為她們太窮了嗎？梅希聽到了洗碗水被吸進黑漆漆的排水管時發出的喘息聲。

「但是，從另一方面來說，我不確定這裡仍然是最適合她生活的地方；也許，她真的需要更多的關注，而那是我們所無法給予的。這實在很難說。」

「那要先去看過了才知道，麥克奈特小姐。妳現在只能這麼做了，不必讓梅希知道。我會按照我們的約定，明天帶她到市區去，我要帶她去見見莫哈達斯。妳可以先去探聽一下。」

梅希聽到杯子放上架子的哐啷聲，還有稜紋玻璃門滑動並關上的聲音。

「嗯，我想我必須這麼做，可是心情真的很沉重。」瑪莉阿姨嘆了口氣。「唉，老天，我從沒想過事情會糟到這個地步。」

「我會為妳禱告的。」辛格先生說，「讓妳的心情平靜下來，找到對她最

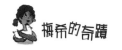

好、也最慎重的解決方法。」

「謝謝你，辛格先生。我真的很需要平靜的心情。更麻煩的是，我今天早上跟德威特先生聊了一下。他大概看了一下電的問題，說是整間屋子的電線都必須要重拉了。從一九七〇年到現在，有些電線已經磨損得很嚴重，房子沒有燒掉就是奇蹟。這會是一筆很可觀的費用。」

「喔，不！不！我兒子拉傑佛的岳父是個水電工，我會拜託他過來看看，給我們一個便宜的價錢。我也可以幫他做點活兒，不會花很多錢的。」

「喔，那就太感激了！你該不會剛好也有個專門做屋頂裝修的親戚吧？我實在想不通，突然之間，這屋頂是怎麼一回事，到處都在漏水！而且每一樣東西好像都約好了，故意選在同一個時間壞掉，真是莫名其妙。這棟小屋子一向很堅固；忽然間，燈光沒了，屋頂在灌水，就連晒衣繩也掉下來。還有，芙蘿拉完全失控了，請原諒我這麼說。」

「妳當然可以這麼說。不過，我想妳現在應該上床睡覺了，麥克奈特小姐。

妳辛苦了一整天，一定筋疲力盡了。明天還要再奮戰一天。」

「辛格先生，如果沒有你，我還真不知道該怎麼辦才好。」瑪莉阿姨嘆了一大口氣，「我很慶幸有您搬過來跟我們一起住。」

梅希聽到一陣餐具的碰撞聲和抽屜關上的聲音。

她趁瑪莉阿姨還沒發現她之前，躡手躡腳的通過走廊，回到她的臥房。

稍晚，當瑪莉阿姨來道晚安並將手輕放在梅希的頭上時，梅希假裝已經睡著了。她沒有勇氣看瑪莉阿姨的臉，怕會看到她眼中的背叛。瑪莉阿姨會發現她眼裡的恐懼嗎？在把梅希送去那些機構之前，瑪莉阿姨想必會先試著尋找凱瑟琳阿姨。為什麼凱瑟琳阿姨從來沒有來探望過她，甚至連一通電話也沒打？跟克利佛姨丈和那些咆哮的事有關係嗎？梅希是不是做錯了什麼事，才會讓他這樣咆哮，才會讓凱瑟琳阿姨離開她，甚至從來不來探望她？

這些問題在梅希的腦袋裡不停的打轉，直到她被吸進一連串屬於噩夢的漆黑排水管裡。

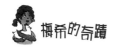

第二十五章

隔天出門前，辛格先生到花園摘了一小把花——一些九重葛和幾朵金盞花。

「我想帶點小禮物去拜訪莫哈達斯。」他說。「他一向很喜歡花園裡的花。」

他們踩著快步出發了。辛格先生帶了花和一些空塑膠袋，梅希很慶幸辛格先生沒有要求她捧花；光想到去市區的一路上都要在眾目睽睽下跟在辛格先生的旁邊小跑步就已經夠糗了，更何況她心裡已經塞滿了沉重的恐懼，連自己的重量都快負荷不了了。

「要去拜訪莫哈達斯，**步行**是很重要的。」辛格先生說。他邁出的一大步就相當於她的兩小步。「因為他本身就是用兩條腿步行到所有的地方去。所以，要去拜訪他，步行就是一種向他致意的方式。」

丟進一個水泥大垃圾桶裡。他們在自動交通信號燈的前面穿越了亞歷山大路並轉進學院路，辛格先生在一家咖啡店前停了下來。

「梅希，妳想喝點飲料嗎？什麼口味的？」

「飲料？」

「可樂？汽水？」

「芬達好了，謝謝。」梅希在家從沒喝過汽水。瑪莉阿姨相信沒有什麼東西比得上「上帝的甘露」——也就是自來水比較好聽一點的說法。

芬達喝起來很沁涼，梅希小小口的喝，希望它可以撐到他們走完那條達其河上的橋，再朝西街上去並轉進蘭格里巴勒勒街。不知道瑪莉阿姨和芙蘿拉阿姨現在在哪裡？是不是正在跟兒童之家的院長談話？她和辛格先生回到家時，她的行李會不會已經打包好了放在門口？

蘭格里巴勒勒街是一條既長又無趣的街，兩旁都是些殯儀館、電池店、手機維修鋪和借貸諮詢社，好像怎麼走都走不完，不知道它到底有沒有個盡頭？

「我們在這邊休息一下，好嗎？」辛格先生在高溫下走得有點喘。他停在一家叫做西斯威結婚禮服店的涼篷底下歇歇腳。櫥窗裡的一具具假人，面無表情的凝望著外面的街道。新娘們穿著有寬大裙擺的尼龍蕾絲禮服，一具男性的假人穿著一套打了銀色領結的白色燕尾服。

「很帥！」辛格先生對店裡的假人說，並舉起手中的那把花：「祝你們幸福美滿。」

梅希勉強擠出了一絲微笑。

「妳知道嗎，當年莫哈達斯要離開印度去倫敦讀書的時候，口袋裡幾乎沒什麼錢；可是，他還是幫自己買了一套就像那樣的、蠢蠢的白色西裝。」辛格先生用他的花指著那個新郎。「可是當他穿著白色西裝，下了從孟買開來的船，抵達倫敦以後，他才發現倫敦人穿的都是黑色的西裝。於是，他又花更多錢買了一套黑西裝和一件背心、一頂大禮帽。他說他以前常常會花好幾個小時欣賞鏡子裡的自己，想要讓自己看起來像個英國紳士的模樣。」辛格先生自顧自的笑了幾聲。

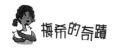

「莫哈達斯！」他搖搖頭。「等妳看到他以後，妳就知道那有多不可思議了。」

「為什麼？」梅希問。「難道他現在不穿西裝了嗎？」

「對，他現在幾乎什麼都不穿了，他根本不在乎穿著。」

梅希開始覺得這個叫做莫哈達斯的人似乎有些可怕，她不懂辛格先生為什麼會這麼喜歡他。到目前為止，她只知道他代數不太好，以前很怕黑，花錢買過很蠢的衣服，而且不喜歡公開演講。為什麼辛格先生要捧著一把花，走好幾公里的路到市中心去拜訪他？真是沒道理。

「我們快到了嗎？」她問。

「就快到了、就快到了。」辛格先生再次出發。「就在教堂街的轉角。」

市區的這一帶有許多攤販。辛格先生領著梅希穿過了擁擠的人群。有個捧著裝滿太陽眼鏡的塑膠托盤的小販拿起了一副眼鏡，跟在他們的後面喊：「便宜的雷朋眼鏡！只要五十蘭特！」還有一個推著超市推車在賣殺蟲劑的小販，拿著擴音器叫賣：「**老鼠！蟑螂！**」

「到了！」辛格先生突然說。

在格蘭特鞋店和愛伯沙銀行的對面，辛格先生停下了腳步並鞠躬。「莫哈達斯，我的老朋友！」

梅希吃驚的抬起頭來看。辛格先生獻花在一尊佇立在高高基座上的雕像前。

基座上寫著：

希望的雕像

莫哈達斯．卡拉姆昌德．甘地

「甘地！你的朋友莫哈達斯是甘地？」

「沒錯！」辛格先生顯然對自己開的小玩笑很得意，他舉起了雙手。梅希有點擔心他會突然在街上跳起快步舞來。

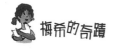

「沒錯！我說的都是關於莫哈達斯·甘地的故事。有人稱他爸普（Bapu），意思就是**父親**，或者瑪哈特瑪（Mahatma），意思是**偉大的心靈**。我喜歡叫他莫哈達斯，因為那會讓我想到：他並不是一出生就成為偉人的。他曾經也只是一個偷過香菸、會怕黑的小男孩；在學校到處被人排擠，還為了試圖躲避霸凌而跑步回家。」辛格先生搓了搓雙手，對自己開的小玩笑仍然無法忘懷。「可是，妳看，他後來成為了一個這麼了不起的人，受到千千萬萬人的敬愛。」

梅希抬頭凝視著這座雕像。從她站的地方看過去，他仍然不太像是一個很了不起的人物：他有兩隻招風耳，一顆禿頭，兩條腿細得像隻老公雞的腳；他全身上下，正如辛格先生警告過的，幾乎沒穿什麼衣服，只有一塊纏腰布，加上一雙涼鞋。而且，他的頭頂有鴿子大便。

「可是，你跟他認識嗎？」梅希問。

「喔，不！我從來沒跟他見過面。他在一九四八年，我還跟妳現在差不多年紀的時候就死了。不過，我仍然把他看作是我的朋友。」辛格先生取出了手帕並開始擦拭甘地的大腳趾。「看看艾伯特．愛因斯特在這上面說了什麼。」辛格先生大聲的念出基座上的字。「後世的人們將難以相信曾有一位如此的血肉之軀行走在大地上。」我還記得他被刺殺的時候，幾乎全世界的人都在哀悼。我父親把當時的報紙新聞都保存了下來。據說，他出殯的時候，街上大約有兩百萬人列隊向他致意。

辛格先生開始把花繞著雕像的腳排成一圈，然而有些掉落到了臺階上。剛才的那名蟑螂小販走過來幫忙撿拾。一小群人停下了腳步看著他們。

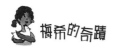

「他也有眼鏡。」辛格先生抬頭對著甘地的大頭微笑。「可是有些愛惡作劇的人老是偷走他的眼鏡，所以後來他只有在特別的場合才會戴。我們有一群人委託製作了這座雕像，作為他一九八三年在彼得馬里茲堡度過一夜的百年紀念。我很想知道他對現在的彼得馬里茲堡市中心會有什麼想法？」

辛格先生四下看了看，對所有的小販和顧客微笑。

「莫哈達斯，老朋友。」他拍拍雕像的腳趾說，「我要帶我這位年輕的朋友梅希，去看看你在那個又冷又長的夜晚待過的車站候車室了。然後，我們就會回家。請您多多照看，好嗎？」

說完，他不管梅希有沒有跟上，就又朝著教堂街的上方出發了。不過，說實話，梅希很高興終於又可以上路了，她覺得站在那邊看著辛格先生對一座雕像講話，簡直就像個傻瓜。

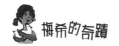

第二十六章

車站在教堂街的最高點，要走很久的路才會到。梅希走得愈來愈痛苦，她又熱又餓，腳上的夾腳拖不斷摩擦著腳趾頭的水泡，而且她完全沒有理由相信那間候車室會比雕像有趣到哪裡去。說實話，她覺得自己根本就被耍了。而且，她的心裡仍然背負著沉重的憂慮。

「梅希，我現在要帶妳去的是一個很重要的地方。」辛格先生在停下來跟街上的小販買一串香蕉時說。

「為什麼？我們可以看到什麼？」

「沒有！我們根本什麼都不會看到，那裡就是一個空空的地方。」辛格先生展開了雙臂，以示有多空。他哈哈大笑，梅希卻沒有心情聽他再開新的玩笑。

「不過，那是一個很重要的空間。」辛格先生含著滿口的香蕉說。「因為，甘地就是在那裡經歷了一次很重大的轉變。後來，他年紀大了，有人問他人生中最具開創性的一次經歷是在什麼時候，妳知道他怎麼說嗎？」辛格先生又剝了一根香蕉。「他說，就是在彼得馬里茲堡車站的候車室度過的那一夜，在他被人家從火車上攆下來之後。」

「他為什麼會被攆下火車？」梅希覺得她應該要知道才對，可是她並不知道。她的確聽說過甘地，也知道他很有名，可是她其實並不知道為什麼。她以為有一些人，比如說，愛因斯坦或甘地，天生就是如此。

「因為他是個印度人。」辛格先生說。「在那個年代，大部分的白人都不願意跟印度人、非洲裔黑人或者混血的人坐在同一節火車車廂裡。甘地堅持說他既然有合法的有效票，就應該也有權利坐在頭等艙裡；可惜，列車長不這麼認為，就把他趕下了車，就在彼得馬里茲堡這裡。」

辛格先生像要示範似的把香蕉皮扔進了一個垃圾桶裡，並帶著新的能量繼續往教堂街的上方走。梅希必須小跑步才跟得上。

「他在南非搭火車是要做什麼？」

「記不記得我告訴過妳，他在倫敦讀書，想要成為一名律師？」

梅希點點頭。

「嗯，後來他回到了印度工作，可是做得很辛苦，因為他實在太害羞了；於是當南非這邊有人需要一位會說古吉拉特語的律師時，他就被派了過來。這個火車事件在我們這個車站發生的時候，他就是為了這個案子，正在前往普里托利亞的路上。啊！我們到了！」辛格先生伸手指了指。

梅希看到了在前面上方的車站，它堅如磐石的傲立在教堂街的頂端，俯瞰著底下那些看起來破破爛爛、搖搖欲墜的販賣五金器具、水桶、酒類和廉價服飾的商店。就跟彼得馬里茲堡許多維多利亞時期的建築物一樣，它也是用軟紅磚蓋成的，而且空間很寬敞。開闊的門廊上有漂亮的鍛鐵裝飾，鋪瓦的屋頂上有座高塔，還有兩扇大門敞向大廳。

梅希跟著辛格先生通過其中一扇門，踏著亮晶晶的地磚，走進了一個小房間裡。正如辛格先生所說的，那裡面幾乎是空的：只有兩張古老的木條長椅，牆上有一幅畫。房間裡靜謐涼爽得有如在教堂。

他們安靜的並肩站在那幅畫前沉思。畫中的甘地俯視著，身上披著柔軟的白布，臉上戴著小小的圓眼鏡，在他的兩眉之間有顆小紅點。

辛格先生膝蓋喀啦響的坐到了其中一張長椅上。「這裡就是一切的起點。他就是在這裡經歷了一場重大的轉變，即使後來過了很多年，他也依然記得這就是他人生的轉捩點。」

梅希也在他身旁坐下，感受著房間裡的靜謐。想到在一百多年前，曾經有一個叫甘地那樣的人，就坐在同一個地方，心裡的感覺真的很不一樣。

「他坐在這裡，就跟我們現在一樣。」辛格先生彷彿在呼應梅希的想法，「只不過，跟我們不一樣的是，他簡直就要凍斃了——那是個冷到刺骨的冬夜，而且他因為膽子太小，根本不敢去跟站長要求，拿他放在被沒收的行李箱裡的外套。」

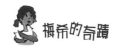

梅希可以想像自己因為太害羞而不敢去要她的外套，但是她無法想像一個大人也會因為太害怕而做同樣的事。

「他當時就只披著那塊纏腰布嗎？像雕像那樣？」

「不，不，他當時應該穿著很體面的服裝，披纏腰布是他回到印度之後的事了。甘地後來做了一個決定，不穿所謂的『外國服飾』，那是他向窮人致敬的方式。他披著纏腰布，穿著自製的涼鞋，去所有的地方，不論冬天夏天，即使是去見各國總統或世界領袖、即使被邀請到白金漢宮去跟英國的喬治國王喝茶也一樣。」

「是芙蘿拉阿姨要去找的那個喬治國王嗎？」

「正是！」

「那喬治國王為什麼要請他去喝茶呢？」

「甘地當時已經非常有名。他在南非待過一段時間之後，回到印度，為印度脫離英國的統治而奮鬥。一九三一年，他去倫敦參加一場關於印度自治的重大會議。有一天，妳也會在學校裡學到這些的，還有他在南非為印度人民所做的事。」

梅希很慶幸不必現在就一口氣上完整個歷史課。「再跟我說些關於他的故事吧！」她坐在長椅上晃著兩條腿說。

辛格先生哈哈一笑。「有太多故事可以說了，我還真不知道要從何說起。」他停下來思考了一下，「我想到了一個：當他要去倫敦面見喬治國王和其他的大人物時，他帶著他的山羊一起搭了一艘大蒸汽船去；而且，還在航程中自己動手擠山羊奶來喝。」

梅希笑了出來。

「抵達倫敦以後，他又拒絕跟其他的大人物一起住在體面的旅館裡，自己在倫敦找了一間貧民區的簡陋房子住。他不管走到哪裡，後面都會跟著一群小孩，他非常喜歡那些孩子們；他生日的那一天，他們還送給他一些很可愛的禮物，他一直都珍藏著。」

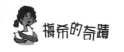

「他們送給他什麼？」

「兩隻長毛羊、幾根生日蠟燭、一只錫盤、一枝藍色的鉛筆和一些軟糖——如果我沒記錯的話。」

梅希脫掉了夾腳拖，彎下腰來檢視腳趾頭的水泡。她把光溜溜的腳丫抬到長椅上，吹吹破皮的地方。「所以，他在這裡發生了什麼事？為什麼那一夜會讓他從一個那麼害羞的人變成這麼有名的人？」

「他並不是一夜之間成名的，追逐名氣從來都不是他的目標。他也沒有一夜之間就停止害羞。不過，那一夜，讓他有很長的時間可以思考關於自己的事。他有股衝動想要就此離開南非，回到印度，不要再忍受這種莫名其妙的種族歧視；不過，最後他還是決定留下來履行他的責任。他決定要面對偏見這個難題，而不是逃避。這看上去只是一件小事，卻是他後來人生中千千萬萬次的第一次，去做這樣的事。同時，藉著這麼做，他改變了這個世界。」

辛格先生安靜了一會兒，彷彿陷入沉思。

「妳聽說過**沙堤耶格拉哈**（Satyagraha）嗎？」他問道。

「沒有。你再說一遍？」

「沙堤耶……格拉……哈。」

「沙堤……耶……格拉……哈。」

「對，這是梵文裡的字。大部分人都以為它的意思是非暴力抵抗——這是甘地的知名之處。不過，實際上它是兩個字合在一起：沙堤耶（satya）的意思是真實、真理；而格拉哈（agraha），則是有禮貌的堅持。所以，整個的意思就是：有禮貌的堅持真理。因此，甘地總是很有禮貌，甚至很仁慈，即使是對待他的敵人。」

辛格先生站起來望了望窗外，似乎在深思。

「他最了不起的，就是他不帶怨恨的生存在一個充滿了怨恨的世界裡。他的敵人可沒少過，他對任何人，甚至敵人，都從不口出惡言。他總是輕聲細語、彬彬有禮的指出他們的錯誤，然後他也輕聲細語、彬彬有禮的承受對方不喜歡他所說的話的後果，即使那意味著要去坐牢、做苦工換取微薄的口糧，或者被毒打（這對他而言是家常便飯）。有時候，他會拒絕進食，直到他的訴求達成。有一次還曾經連續二十一天沒有進食而差點死掉。有許多人，像是馬丁．路德．金和南非的曼德拉都深受他這種抵抗方式的影響。也許，並不是每一個人都會在一個冷到刺骨的候車室裡過夜；但是每一個人的人生，都可能會出現一個必須決定如何面對不公不義的時刻。」

梅希嘆了口氣。辛格先生似乎深受感動，可是梅希覺得這些對她來說沒有什麼意義。

這些關於不公不義、微薄口糧和受苦的談話，只會讓她想起自己的問題：她可以從早到晚幫一頭山羊擠奶，可是芙蘿拉阿姨腦袋裡的迴路還是會永遠堵塞不通；她可以拒絕穿外國的服飾——如果她有的話——她仍然會被迫住到兒童之家；她可以輕聲細語、彬彬有禮的堅持說實話，說她們需要更多錢來修理屋頂和電線，可是有誰會聽呢？

沙堤耶格拉哈對甘地來說，也許很管用；然而她的問題似乎更複雜，也更讓人無能為力。

而且，更糟的是，回家還要走一段很長的路。她的水泡一定會痛到不行。

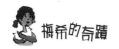

第二十七章

「天呀！你們也走太遠了。」瑪莉阿姨打開紅藥水的小瓶子，倒一些在衛生紙上，然後塗在梅希的水泡上。「難怪妳可憐的小腳丫會磨出水泡。先忍一下，藥擦下去會有點刺痛。」

梅希用力的咬住下嘴唇，不想讓瑪莉阿姨知道這有多痛。她一蹦一蹦的在走廊上用單腳要跳去床上休息時，聽到一陣紗門開關的聲音。

「妳們那邊有進展嗎？」她聽到辛格先生問。

她停止了前進，靠在冰涼的牆上，偷聽他們講話。

「我說得出來的好處恐怕只有那裡很乾淨、很整潔，而且有很多規定。」瑪莉阿姨說。「牆上貼了一大堆的規定：熄燈時間、訪客時間、用餐時間、藥物等等。但是，看著他們被關在那裡，我心裡就是覺得難過，那裡應該要像個家才對。」

「有這麼不像家嗎？」辛格先生問。

「嗯，是可以帶自己的寢具。我還看到有一些盆栽。」

「唉！那芙蘿拉小姐覺得怎麼樣呢？」

「嗯，因為電視開著，每個人都坐在那裡，眼睛好像被黏住了。那部卡通裡還有隻會說話的豬，妳信不信，叫佩佩豬。芙蘿拉也看得目不轉睛。」瑪莉阿姨嘆了口氣。「我有一種感覺，好像他們每個人都被下了藥。也許不只是因為電視的關係，每個人都看起來如此溫順，幾乎像是被打敗了。」

「所以妳最後的決定是？」

「我填了表格。」瑪莉阿姨沉默了很久。「我想我也沒有什麼選擇。我不知道要怎麼樣跟梅希說。」

「下一步要做什麼呢？」

「他們指派了一位社工人員，她會跟我們聯絡。」

瑪莉阿姨一向最討厭社工了，她每次都罵他們是愛指手畫腳的老呆瓜；可是她現在卻自己去找一個來！

一切聽起來似乎都已經成定局了。梅希會被送到一個牆上只有張貼各種規定的兒童之家，她必須跟其他被下了藥的小孩一起坐在那邊、看電視上的佩佩豬。

她貼著牆壁滑坐在黑暗的走廊上，用雙手抱住了頭，彷彿屋頂即將砸落在她的身上。

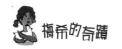

第二十八章

「梅希？親愛的孩子？妳還好嗎？」瑪莉阿姨站在她身旁俯視著她。「剛才的話妳都聽到了嗎？哎呀，哎呀呀！」她伸出一隻手，扶著梅希站起來，然後帶她去廚房的椅子坐下。

結果，原來是芙蘿拉阿姨要被送去老人之家，不是梅希。當他們在鎮上拜訪莫哈達斯的時候，瑪莉阿姨和芙蘿拉阿姨也去探訪了一家位於西街街尾的老人之家。

「可是，我們不能就在這裡照顧她嗎？」梅希問道，她感覺自己只要再多說一句話，就會哭出來了。

「我本來也以為我們可以，梅希。可是，當昨天芙蘿拉自己一個人一路晃到了板球館那裡去的時候，我才意識到照顧她會變得愈來愈難，我必須確保她的安全。我很難過我必須承認：我真的沒辦法每分每秒都看著她。畢竟，我對她有所虧欠。」

梅希滿臉困惑的抬起臉來。

「芙蘿拉十九歲，我二十一歲的那年，我們的母親去世了。不久之後，芙蘿拉跟一個叫做史吉普．愛德華的年輕人訂婚。可是，就在婚禮之前，我得了猩紅熱，而且發展成更嚴重的風溼熱。我父親很擔心我的心臟和腎臟會出問題，就拜託芙蘿拉將婚禮延後，並照顧我直到恢復健康。」瑪莉阿姨中斷了一下，梅希覺得她好像要哭出來了。

「她真的照做了。」瑪莉阿姨努力讓自己恢復平靜說。「多虧了她的照顧，我終於痊癒了，而且一直到現在，還壯得像條牛一樣。」

「那位史吉普．愛德華先生後來怎麼樣了呢？」

「嗯，這就是讓人難過的部分了。芙蘿拉在照顧我的期間，愛德華先生接受了一個在約翰尼斯堡礦場的工作，他在那裡遇到了別的女孩並跟對方結婚了，芙蘿拉從此以後就沒有再想過結婚的事。」

「那真的是太令人難過了。」

「是啊！雖然她沒有埋怨過我，可是我覺得對她實在有所虧欠。也許就是因為這個緣故，一直到現在，我還是很害怕強迫別人去做他們自己不想做的事；就像妳在學校，雖然我絕對不會直接跟普如伊老師這樣表明。所以，我現在必須做真的對芙蘿拉有利的事，不管有多難。」

她們的談話被芙蘿拉阿姨打斷了。她掛了個籃子在胳臂窩，晃過了廚房，然後從洗碗間走了出去。

「親愛的芙蘿拉，妳要去哪裡？外面就要天黑了，而且很冷。」

「我要去採集一些冬天的木柴。」芙蘿拉阿姨說。梅希和瑪莉阿姨從廚房的窗口看到她在彎腰撿拾芭樂樹下的一些小樹枝。

梅希可以聽到她微弱而顫抖的歌聲：

「月光朗朗的那晚，儘管天寒地也凍，
　當有位窮人出現眼前，採集著木柴好過冬。」（注6）

瑪莉阿姨將兩隻手沉重的撐在水槽上嘆氣。「嗯，沒關係。如果芙蘿拉想要採集冬天的木柴，我們就幫她的忙。這種情況需要勇氣。我們來幫壁爐好好的生個火，做飛碟三明治當晚餐。」

「好。」梅希決定要盡可能的勇敢起來，不要再為瑪莉阿姨增添任何負擔。「做飛碟三明治」，雖然她根本不知道那是什麼東西。

於是，她們收集小樹枝，點燃蠟燭並生好了火。瑪莉阿姨找到了一個舊的飛碟三明治鐵烤盤，辛格先生帶來了咖哩豆和一小包起司，然後瑪莉阿姨又找到了麵包、奶油和一罐柑橘果醬。梅希把油抹到鐵烤盤上——一根長柄連著兩片絞接起來的圓形金屬板——把三明治夾好了，再拿到火爐上烤。大家把椅子拉到靠近火爐的地方，在金色的火光中，一起享用有融化的起司、咖哩豆和柑橘果醬各種

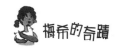

混搭的三明治。芙蘿拉阿姨堅持她的那一份三種配料都要。

「妳管這些東西叫什麼？」她用一隻手舉著一份飛碟三明治問。

「飛碟三明治！」瑪莉阿姨回答。

可是芙蘿拉阿姨才剛聽完就忘了。「嗯，我挺喜歡這些熱狗的。」她一邊說一邊抹掉沾在下巴上的咖哩豆和果醬。

注6：這是出自一首古老聖誕歌曲《*Good King Wenceslas*》的歌詞，描述一位仁慈的國王在冬夜裡看見貧苦的窮人冒著大風雪出來撿柴，於心不忍，於是帶著年貨，也冒著風雪去拜訪對方……。

第二十九章

隔天是星期天。辛格先生在屋前的花園爬上了梯子，努力清除簷槽裡的樹葉；瑪莉阿姨則修剪著那些蔓延到屋頂上的紫藤。她跟辛格先生認為屋頂漏水的原因，也許是簷溝裡堆滿樹葉造成的，因此他們決定讓那些枝葉離屋子遠一點。梅希則是負責留意戴著在下巴打結的頭巾在走廊上打掃的芙蘿拉阿姨。

梅希坐在餐桌前翻著一本很舊的大英百科全書，一邊聽著掃帚的咻咻聲，一邊試著閱讀。她已經決定要選甘地來做口頭報告了。不過，這並不是件容易的事。書上的字很小，資料又很多，要研究清楚甘地到底做了哪些事，還有她應該把重點擺在什麼地方，實在有點困難。

她再一次希望家裡不是只有一大套很舊的百科全書，而是有網路可以用，那她就不必讀完那一大堆關於那塔爾印度人議會、爭取印度獨立的奮鬥、分治和獨立等等她從沒聽過的東西了。

更麻煩的是，普如伊老師說，他們還必須闡述敬佩這位典範人物的理由，而不僅僅是陳述他的事蹟而已。也就是說，她可以敘述甘地在船上幫他的羊擠奶，披著一條纏腰布、穿著自製涼鞋去跟英國國王喝茶的故事；可是，她還必須要能解釋他之所以如此知名的原因，這些故事才會有意義。否則，他聽起來充其量也只是個奇裝異服、喝羊奶的瘋子而已。

她忽然感覺腿上一陣搔癢，便伸手拂了一下。當她把手再放回書上時，才發現手指頭上竟然多了一隻小蜜蜂。廚房裡到處都爬著小蜜蜂：窗檯和整個地板上都是。

梅希慢慢的起身去叫芙蘿拉阿姨，並小心翼翼的踮著腳尖，免得踩到牠們。

「蜜蜂？」芙蘿拉阿姨的眼睛頓時發亮。「帶我去看。」

在廚房的窗檯前，芙蘿拉阿姨伸出了雙手，讓那些小蜜蜂爬到她的手指上。

「哈囉，我可愛的小寶貝們！」她對捧在手心上的牠們打招呼，並帶著牠們到外面的花園。梅希注意到有一隻蜜蜂在芙蘿拉阿姨的胸口，一直朝著她的脖子爬上去。

走到屋子的外頭，就可以聽到高八度的嗡嗡聲了。同時，有一大群蜜蜂就懸掛在大花紫薇的一根矮枝上，像是一顆會發出嗡嗡聲的古銅色大球。芙蘿拉阿姨輕輕的揮了揮手，讓手上的蜜蜂飛走。

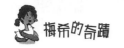

「妳瞧。」她說，「蜂后一定會在那一球蜜蜂的中間。牠們把她團團包圍起來保護她並讓她保持溫暖。不用怕那一團蜜蜂，梅希，牠們不會傷害妳，除非……。」

「芙蘿拉！」瑪莉阿姨也來到屋子的這一側。

芙蘿拉阿姨忽然抖了一下，一副被抓到有罪的樣子。「噢！噢！噢！」她用手拍了拍嘴巴，眼裡滿是淚水。

一隻蜜蜂剛才螫了她的上唇。

「牠螫妳！」梅希嚇了一大跳。

「蜜蜂就是會這樣。」瑪莉阿姨說。

「我還以為芙蘿拉阿姨很懂蜜蜂。我沒想到牠們會傷害她。」

「梅希，我的老天！」瑪莉阿姨把芙蘿拉阿姨的手拉開並解開她的頭巾來查看傷勢。芙蘿拉阿姨的嘴唇迅速的腫脹起來。她看起來就像一隻奇怪的大嘴鳥。

「去拿冰塊！快一點！噢，我的上帝！」瑪莉阿姨用手掌拍了一下額頭；因為她隨即想起家裡沒有電，當然也不會有冰塊。她急急忙忙的帶著芙蘿拉阿姨遠離那一團蜜蜂。「梅希，快跑到馬路對面去找德威特先生，跟他要一些冰塊。」

梅希按了她知道的密碼，通過德威特先生的鐵柵門，並大力拍著他的前門，一直拍到她擔心門上的花玻璃會被震破為止。公爵在門裡狂吠著撞門，但是德威特先生始終沒有出現。她只好又跑到下一戶人家，按了安裝在人行道上門柱裡的電鈴。一樣也沒有人在家。她忍著害怕和挫敗的眼淚，又試按了另外兩戶人家的門鈴，按到幾乎要把牆給按穿了。

當她無功而返的時候，瑪莉阿姨和辛格先生正要扶芙蘿拉阿姨上車。她的整張臉都腫了，而且頭垂得有點奇怪。她是要昏過去了嗎？

「她以前沒有像這樣過敏過。」瑪莉阿姨說，「而且，辛格生生，她被蜜蜂螫的次數比你吃過的飯還多。」辛格先生坐進了後座去陪芙蘿拉阿姨。梅希跑到屋裡幫她那顆可憐的大蓬頭拿了一個靠枕來，她的頭軟軟的垂著，看起來就像一朵即將在莖桿上悄然枯萎的玫瑰花。

「我可以跟去嗎？」梅希焦急的問。

但是瑪莉阿姨搖搖頭。「不，親愛的，我想妳最好留在家。我想我們……嗯，不，不，妳留在家裡。」她的語氣多了一種新的困惑。她直視著前方，迅速的倒車，開下了車道。

梅希追著車，看著它沿著哈德森路開下去並在路口左轉。**瑪莉阿姨大概是不希望我在那裡看著芙蘿拉阿姨死掉。**

她的眼淚撲簌簌的掉了下來。

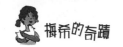

第三十章

幸好，芙蘿拉阿姨並沒有死。她在醫院打了針之後，那天下午就回家了，還帶著一支腎上腺素自動注射筆，以防過敏又發作。

梅希協助瑪莉阿姨把她扶上床，然後泡了三杯甜茶，用托盤端去起居室。瑪莉阿姨和辛格先生無力的癱坐在椅子上瞪著地板。梅希以為他們只是被突如其來的意外嚇壞了，沒想到更糟。

「梅希寶貝，來這邊坐！」瑪莉阿姨拍拍她旁邊的椅子並握住梅希的手。她的語氣有種令人害怕的氣息。

「我很難過芙蘿拉阿姨發生了這種事。」梅希強忍著眼淚。

「梅希，那不是妳的錯，怪不得妳。醫生說，人有時候就是會突然對蜜蜂的螫咬過敏，即使以前不曾有過這種反應。不，我要跟妳談的是別的事。一件我決定必須做的事，即使會讓我心碎。」

瑪莉阿姨沉默了很久才說。「我決定要把這棟房子和這塊地賣給克雷門先生。他已經跟我們開過價了。有了這筆錢，我就可以把芙蘿拉送到一間比較好的安養院，讓她得到妥當的照顧。」

「賣？我不懂。那我們要住哪裡？還有辛格先生怎麼辦？我們要去哪裡？」

「嗯，這有點複雜，我也還沒有想清楚所有的細節。不過，我向妳保證，妳一定會受到照料。我有一些想法，還需要時間來釐清。辛格先生提議說，在這段期間，妳可以先跟他的家人一起住在萊斯山。不會太久的。只是先給我一點時間，想出一個對妳和我都好的長久之計。」

「辛格先生也會搬到萊斯山嗎？」

「喔，是的。」辛格先生說，「我會搬回家，妳也跟我一起來。只是暫時而已。大家只能先擠一擠。我們可以在車庫幫妳挪出一點空間。」

「車庫？」

辛格先生點點頭，即使是他也想不出一個比較正向的措辭來解釋這件事。

「那檸檬呢？」

「檸檬？牠當然也會跟我們走。」辛格先生說。「我們有個小園子和一棵桃樹。」

瑪莉阿姨嘆了口氣。「如果要留下來，我們就得將房子的電線整個重拉，還要修理屋頂、更換天花板和新的簷槽。所有的東西忽然間都壞光光了。雖然我很不喜歡談錢，可是我真的沒有足夠的錢做這些事。」

大家都無言以對，也不知所措，只能驚愕的坐在那裡。

「我想，今天芙蘿拉發生的事讓我清

醒了過來。」瑪莉阿姨用兩隻手臂撐著椅子，沉重的起身。她慢吞吞的走向了門廳。梅希聽到一陣抽屜打開和紙張掀動的聲音。接著是答答答……瑪莉阿姨在撥電話號碼的聲音。

「喂，請問是克雷門先生嗎？我是瑪莉．麥克奈特……。」

梅希沒有辦法再聽下去。她從走廊一路跑回到她的床上，把頭埋在枕頭底下。

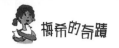

第三十一章

星期天，梅希起床以後，看到辛格先生穿著背心和睡褲從小屋走了出來。他捧著一個裝滿水的小銅壺，先舉起來獻祭，再開始澆灌他的聖羅勒樹。

梅希已經把辛格先生例行的晨間運動背了下來：碰碰腳趾頭、轉轉肩膀，然後向後仰身，把手臂轉得像風車，最後再拍拍胸部。等做完之後，他就會坐在一把椅子上晒太陽，一邊握著念珠，一邊抬起頭來深深的吸氣和吐氣。梅希問過他為什早上要做這些，他說這樣可以幫助他讓心情平靜下來。

他告訴梅希說，當甘地還是個小男孩的時候，他的保母曾經帶他去看正在穿越鬧市的大象。那些大象常常會一邊走，一邊把長鼻子甩來甩去的偷拿些椰子和香蕉，惹出一大堆麻煩。大象馴獸師，或者象夫，就會給大象一根樹枝，讓牠用鼻子握住，然後大象就會乖乖的把頭抬高，用鼻子捲住樹枝，慢慢的走過市場，什麼麻煩都不惹。辛格先生說，對他而言，每天早上例行的禱告和拜拜就像是一根樹枝，可以防止他的心思惹禍和偷香蕉。

也許，梅希心想，她也需要藉著禱告來讓自己免於驚慌。她會背任何的經文嗎？她開始念道：「我們的天父……」可是接下來就卡住了，滿腦袋裡只有：

「**根據二〇一〇年通過的兒童法，每一名孩童都有權利尋求法律援助；因此本人要求在此項程序尚未完成前，暫停執行此一命令。**」

「我們的天父。我們的天父……。」她一直重複這一句。

更糟糕的是，梅希覺得只有禱告是不夠的。她需要一種從天而降的強大力量，才能解決這一團混亂。她需要奇蹟。

第三十二章

「嗚喔！」

大家在等普如伊老師點完名的時候，諾來瑟葳在教室裡滿場飛舞。她把抽獎單舉到腦袋邊，揮舞得像面旗子。

「我要去巫沙卡海洋世界。我要去巫沙卡海洋世界……。」她唱著。

「妳賣了幾張抽獎券？」碧翠絲問。

「二十。二……**十張**。還沒仔細算！」她吹噓著。

「喔，好，妳聽著。我賣了三十二張。」碧翠絲把她的抽獎單拿到諾來瑟葳的鼻子底下晃了晃。

「喲、喲、喲！三十二**張**？可別說謊不打草稿！」

奧莉薇湊到梅希的身邊來跟她說悄悄話：「我賣了四十三張。不過，妳別告訴任何人。」奧莉薇看起來心情好多了，也許是因為她的抽獎券都賣出去了；也許是因為她受邀參加派對，雖然她以為自己必須打扮得像顆肉丸。

梅希很害怕跟奧莉薇談到關於派對的事。她想不出來該怎麼說，才不會讓奧莉薇發現：她之所以會受到邀請，只是因為她們要她打扮得像顆肉丸，來讓大家嘲笑而已。這讓梅希如何啟齒？

抽獎券的問題也一樣無解，雖然梅希已經決定了她沒有力氣去煩惱這件事；但是，普如伊老師那天早上曾經說過，如果有人繳回去的抽獎單沒有賣超過五張抽獎券的話，就會被記一個缺點。

梅希絕對不能在社工人員來學校的時候，招引任何的注意。奈度太太每一天都有可能會來，只要梅希有任何「不合群」的表現，她也許就會再一次審查梅希的家庭生活，並且據此認為住在萊斯山的車庫，即使再短暫，也不如重新安排一個「安全的地方」，或者一個新的寄養家庭給她。辛格先生已經自願買了一張抽獎券，梅希不能再要求更多了；但是她也不敢開口要瑪莉阿姨買。

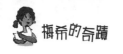

她只能去做一件她很害怕的事，就是挨家挨戶的推銷。

那天稍晚，全班都去圖書館為口頭報告做準備。普如伊老師相當重視這個報告，所以他們幾乎所有的下課時間都是在圖書館度過的。梅希很高興的是，關於甘地的書很多，她不必再為了曼德拉而跟大家搶。

她又讀到了一些關於甘地的奇奇怪怪的新資訊，比如說：他十三歲就被家裡安排結婚。十三歲！只比梅希現在大兩歲而已。不過，她決定不要在口頭報告裡提到這一點；因為她可以想像碧翠絲一定會笑得花枝亂顫的問普如伊老師：「那有可能……合法嗎？」

梅希正在看甘地穿著一身白衣進行所謂**食鹽進軍**（注7）的一系列黑白照片時，奧莉薇坐到了她旁邊的椅子上。奧莉薇找到了一篇介紹劍橋公爵夫人的雜誌文章，但是她很猶豫到底應該多說一些關於公爵夫人的慈善活動或是她的風格品味。

「我也不知道。」梅希從沒關心過劍橋公爵夫人或她的風格品味。

「妳知道，我真的很喜歡她的穿著；可是，我想普如伊老師……。」

「奧莉薇，我有件事要告訴妳。」梅希想趁勇氣還沒消失前趕快說。

「什麼事？」奧莉薇的眼睛在厚厚的眼鏡架後面，看起來好巨大。

「妳知道碧翠絲要開派對的事吧？」

「知道，我希望妳也會去。妳會去嗎？碧翠絲說我必須打扮得像一顆肉丸！妳會打扮成什麼？」

「沒有。」

奧莉薇露出了困惑的表情。

「那不是什麼化妝派對。邀請卡上並沒有這樣說。」

「可是……是碧翠絲**跟我說的**。她還說她會打扮成麻花糖的樣子，諾來瑟葳也要打扮成烤肉串……還是什麼的。」

「沒有，她們不會。那是在Wimpy。在購物中心裡面。沒有人會打扮成那樣

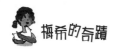

去那種地方的。打扮成**食物**。」

奧莉薇傻傻的看著梅希。「那為什麼……喔！」她的臉頰瞬間火紅起來。

「我很抱歉！」梅希小小聲的說。

「大家把書放回去吧！」普如伊老師拍著手喊道。「我們要回教室打掃了，還要為家長之夜做好布置。如果你使用的是網路，別忘了要在電腦上存檔。」

梅希起身把甘地的書放回書架上時，看到碧翠絲就蹲在書架的後面。如果剛才和奧莉薇說話的時候，她就在那裡，那她應該已經聽到了每一個字。

注7：一九三〇年甘地為抗議英國殖民政府頒布的食鹽專營法（提高食鹽的價格與課稅），率領民眾徒步到海邊，親自煮海水以取得海鹽。此一和平抗議活動獲得印度民眾廣大迴響，英國殖民政府最後被迫取消食鹽專營法。

第三十三章

到了星期五的下午，梅希卻沒有勇氣去Wimpy參加派對。一方面是因為她跟奧利薇的談話被碧翠絲聽到了；另一方面，她只有一個自製的小禮物，是用家裡現成的材料——麵粉、水、凡士林和舊雜誌——做成的混凝紙漿碗，看起來又小又不平整，而且還有點蠢。於是瑪莉阿姨就打電話告訴碧翠絲的媽媽說梅希**受了點風寒，不能去參加派對**。

反正，她還有抽獎券的事要傷腦筋。辛格先生已經買了一張，但是在明天的家長之夜之前，她必須想辦法再賣出四張。她心不甘情不願的拿起了抽獎單和一枝原子筆，出門去找鄰居碰碰運氣。

德威特先生正在人行道上種麥門冬草，答應要買一張。他拍了拍身上，從卡其短褲的深口袋裡，摸出一張二十蘭特的紙鈔，梅希沒有零錢可以找他，他就說沒關係，買兩張好了。

「幫我轉告一下麥克奈特小姐，我大概星期二會去妳們家，如果那一窩蜜蜂還在的話。我答應會幫她移走，可是還在等我兒子找到適當的工具。」

「好的，德威特先生，謝謝您買抽獎券。」

梅希又按了兩棟藏在尖銳柵欄後的屋子門鈴，可是沒有人來應門。對星期五的晚上來說，這有點不尋常。她想起上個星期天來找冰塊的時候，這兩戶也空無一人。

「他們已經搬走了。」德威特先生喊道：「房子賣給房地產開發商了。」

克雷門先生已經快要買下半條街的房子了。

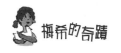

轉角的那一戶一定有人在，因為車道上停了一輛廂型車。梅希走近了才驚訝的發現：廂型車的車身上有豹紋字母。難道瓦古醫生搬到這裡來了？梅希正要按門鈴時，瓦古醫生果真出現了，穿著一襲在他背後飄得像雷雲的藏青色長袍。

「早！早！」他用沉穩的聲音說。梅希已經忘了他的聲音有多低沉。「有什麼事嗎？」他認出了梅希並停下腳步。「妳是那個小女孩，跟老太太們住在一起的。」他露出微笑並伸出長長的手指，朝著梅希家的方向指過去。「妳現在需要幫忙，我的幫忙，對嗎？」

「對。」梅希想要說。「對，我需要人家幫很多忙。」不過，她只問他能不能買一張抽獎券。

「老太太們還好嗎？」瓦古醫生把手探進長袍口袋裡尋找硬幣。

「她們必須把房子賣掉。芙蘿拉阿姨要住進老人之家，我不知道還會發生什麼事。」

「哎呀！這可真糟糕。我能幫得上什麼忙嗎？」

「謝謝，可是沒有辦法了，沒有人有辦法，事情都已經決定好了。不過，謝謝您願意買抽獎券。」

「需要我幫忙的時候，妳知道我住在哪裡。」

「好的，謝謝您！」

梅希轉身離去。不過，當她準備轉向碧賽路時，回頭看了看，看到瓦古醫生高舉著雙手站在那裡，像是在祝禱。她思考著他剛才說的那番話。難道他知道些什麼？

梅希走了段路，猶豫著要再去哪一戶人家試試。大部分的屋子都藏在預鑄混凝土牆的後面，看起來難以接近；有一些還養了大狗，在她走過的時候，齜牙咧嘴的狂吠；另外也有許多屋子架設了防盜尖釘或帶刺鐵絲網。

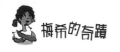

她停在一面被巨大的鎖頭鎖住的鐵柵門前面，伸手輕輕的搖晃了一下那扇門，那裡沒有門鈴或對講機，也沒有狂吠的狗。忽然間，有一個記憶，一個已經深深埋藏了很多年的記憶又浮現了出來，就彷彿是從泥塘浮起的死屍。

⁎ ⁎ ⁎ ⁎ ⁎

那時候梅希還很小，差不多才四歲大。她身上穿著還很扎皮膚的新衣服，而且似乎有人要過生日，因為她和她媽媽帶了一個蛋糕。蛋糕的外面罩著塑膠袋，看上去似乎快要窒息了，整個袋子鼓鼓的，頂端還打了結，讓它無法呼吸。

媽媽曾經告誡過梅希，絕對不可以把塑膠袋套在頭上；所以當她看到這個蛋糕時，她知道它就要死了。媽媽把蛋糕放在地上。那個地方有一個用鎖頭鎖住的大鐵柵門，她們進不去院子，也沒辦法把蛋糕帶進去。

然後，有一位老太太和凱瑟琳阿姨帶著一大串鑰匙從屋裡跑了過來。她們看起來很慌張，手忙腳亂的拿著鑰匙想要打開門鎖，卻又一直彼此礙手礙腳，不時還回頭察看屋子裡的動靜。老太太忽然跪了下來，從鐵柵門的另一頭伸手過來觸碰梅希。媽媽也把梅希放到了地

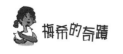

上，讓老太太可以用老邁的手指頭觸摸她。那些手指頭搔著梅希的胸口和雙臂，讓她很不喜歡。

接著，一個老先生和克利佛姨丈也一邊揮舞著手臂，一邊大叫，從屋裡跑了出來。凱瑟琳阿姨手上的鑰匙頓時掉下去，整個人呆立在原地；老太太則把手從鐵柵門猛然縮回去，兩眼滿是淚水。

老先生對媽媽大吼大叫，罵了些要她回家睡覺之類的話，梅希完全無法理解。克利佛姨丈則氣喘吁吁的，好像才跑了很遠的路，而且他的拳頭鬆了又緊、鬆了又緊。「妳答應過我，妳會走得遠遠的，羅絲！」他怒叱媽媽。

於是，媽媽抱起梅希，將那個快窒息的蛋糕留在人行道上，走回了計程車招呼站。在回奈德銀行廣場小公寓的一路上，媽媽把她抱得好緊，緊到她幾乎無法呼吸。而且，在整個車程中，即使梅希只有四歲大，她也知道大家之所以如此傷心難過，跟那個在塑膠袋底下快要死掉的蛋糕一點關係都沒有。有關係的是她——梅希。她是一個麻煩。她讓每一個人都哭了，但她不明白為什麼。

＊　＊　＊　＊　＊

梅希鬆開握著鐵柵門的手指頭，坐在人行道上，把腳放進了排水溝裡。她閉上了眼睛。克利佛姨丈氣喘吁吁、兩個拳頭握緊又放鬆的樣子，仍然在她心裡歷歷如繪。為什麼克利佛姨丈要對她如此生氣？她知道凱瑟琳阿姨愛過她。媽媽也愛她。但是為什麼克利佛姨丈就是不愛她？她所有跟克利佛姨丈有關的記憶都充滿了怒氣和吼叫。那只是因為他生氣媽媽沒有結婚就生了一個寶寶嗎？還是因為他……？

梅希的心裡忽然冒出了一個想法，就彷佛一個酒鬼闖進了一扇門一樣。克利佛姨丈會不會其實是她的**父親**？從來沒有人跟梅希講過關於她父親的事，梅希自已也不曾問過。瑪莉阿姨會知道答案嗎？凱瑟琳阿姨一定知道，可是梅希已經有六年沒有見到她了，也不知道要去哪裡找她。

像。

梅希從人行道起身回家。有時候，賣掉一張抽獎券需要花費的力氣遠超過想

第三十四章

結果梅希並沒有如預期的那樣：用舊麵包袋裝野餐去參加家長之夜。辛格先生料理好了食物，並裝進一疊可以扣住的銀灰色鐵盒裡。

「這叫做便當盒，妳只要像這樣把蓋子拆下來，就可以看到每一層的食物。」

梅希把便當盒一層一層的打開來看，感覺就像在拆禮物：最上層是切成小三角形的羅提煎餅；第二層是豌豆和馬鈴薯炸肉餅；第三層是紅腰豆咖哩。最底下一層則是一塊塊的椰子甜點。

「千萬不能讓芙蘿拉小姐把甜點吃光！」辛格先生說。「那裡面加了很多煉乳，我知道她很愛吃甜食。」

他用舊報紙包了些杯盤和叉子，放進一個跳棋包裡，然後又塞了一瓶芒果拉

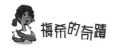

昔進去。

梅希知道辛格先生花了很多時間和力氣做這份野餐，也知道她應該充滿感激；然而，她心裡充斥的卻是滿滿的羞恥感。她們本來就看起來跟其他會參加家長之夜的家庭完全不一樣，而這些食物勢必會讓她們更加特別。比如說，其他人一定會帶保冷袋，而不是便當盒；會拎著沃爾沃斯超市的塑膠袋，裡面裝著牛排、南非香腸、小圓麵包、迷你胡蘿蔔和番茄；會用燒烤爐來煮食，喝罐裝的冷飲。

「太謝謝您了，辛格先生！」她說。「這看起來真不錯！」

她幫忙辛格先生把折疊椅和一條毛茸茸的舊毯子放進車子的後行李廂，瑪莉阿姨則忙著幫芙蘿拉阿姨穿衣服。

到了大約下午四點鐘的時候，芙蘿拉阿姨睡得正熟，梅希衷心希望她不要太快醒來；不過，她還是醒來了，而且幫自己套上了一條運動褲，一件塞進腰帶的舊球衣，腳上還穿了一雙褐色的繫帶鞋，配上米色的襪子。

「妳要不要留在家裡就好？」瑪莉阿姨看到她的時候問道。「一定會很累的……。」

「留在家？」芙蘿拉阿姨說。「我不能留在家。今天是梅希很重要的學校之夜，我一定要到場。」

於是，瑪莉阿姨只好又帶她去換衣服。過了一段時間，她再出現時，身上穿著一件鮮黃色的尼龍打摺洋裝，外面再套一件綴著大顆的金色鈕扣、加上了墊肩的棕色開襟羊毛衫，腳上則是一雙在側邊綁帶子的米色涼鞋。

芙蘿拉阿姨的黃色洋裝看起來固然可怕，但是梅希自己的衣服也好不到哪裡去。她試穿過了她所有的衣服，把整張床都蓋滿了舊的緊身褲襪、鬆垮的T恤、帽T和芙蘿拉阿姨利用同一個巴特里克版型（全世界最古老的版型製作公司，成立於一八六三年）縫製的幾件舊洋裝。穿上這些衣服會讓她看起來只有七歲大。她拿在手上的這件洋裝有緊身馬甲、長長的裙子，背面還有鈕扣。梅希從來沒見過有人穿稍微類似的衣服。

她覺得還是乾脆穿學校制服去，假裝以為本來就應該如此，比較簡單一點。她拿了抽獎單和裝著四十蘭特的信封，坐在門前的臺階上等著出發。趁著等待的時間，她把錢掏出來再算了一次：一張二十蘭特的紙鈔、一張十蘭特的紙鈔和兩枚五蘭特的硬幣。

如果有錢的話，可以幫她們解決很多問題；沒有錢的生活感覺如此無望。

＊　＊　＊　＊　＊

普如伊老師囑咐過大家，一到校就要直接去教室繳錢和抽獎單。教室裡已經擠滿了人。芙蘿拉阿姨站在門邊眨著眼睛，她身上的開襟羊毛衫已經被她脫了下來，而且扭成了一根緊實的香腸。

「借過一下！」一位穿西裝的高個子男士想要擠進教室。梅希拉著芙蘿拉阿姨的手臂，讓出路來。男士用鼻孔看著她們，想必已經注意到了芙蘿拉阿姨身上梅富根戰役（注9）時編織的蕾絲巾。普如伊老師很喜歡談論這一類的事情，她花了一整節課的時間描述她的家族歷史，並引導大家欣賞那些精美的皮編和蕾絲作品；直到坦多在椅子上愈坐愈低，最後「砰」的一聲完全倒地，惹得全班哄堂大笑，才總算似乎把普如伊老師從這些古老的蕾絲話題給震開。

不過，梅希覺得那天晚上普如伊老師看起來壓力很大。她穿著一套新的兩件式綠色褲裝，整個人看上去，如果忽略掉搭配的手鐲和口紅的話，有點像一隻蚱蜢。她用那雙細瘦的腿跳來跳去，到處收取抽獎單，跟家長握手，阻止坦多踢紙足球（梅希猜八成是用他的抽獎單揉的）。普如伊老師沒辦法當著眾多家長的面對坦多大吼，只好用一種很滑稽的方式伸手抓他，可是坦多閃開了她的手。

「對不起，普如伊老師，我只賣了四張彩券。」梅希繳出了她的抽獎單，然而普如伊老師顯然還有別的事要操心，只跟她說了句：「謝謝妳，梅希。」就在紙上登記下來，並沒有提到記缺點的事。

「事實上，我想我需要妳的幫忙。」普如伊老師在梅希轉身要走時又說。

「如果大家繳錢的時候，妳可以幫我計算一下，我來負責登記數字，速度應該會快很多。」

於是梅希坐到了辦公桌的後面，開始計算大家交過來的厚厚信封袋裡的錢。那是一筆不小的數字：奧莉薇交了五百七十蘭特；諾來瑟葳兩百五十蘭特；碧翠絲三百八十蘭特。有一些人，例如坦多和JJ，只交了十或二十蘭特。但是大部分人都賣了至少十張抽獎券。

梅希環顧了一下，這間燈火通明、塞滿了家長的教室，在夜晚看起來是如此的陌生。芙蘿拉阿姨又回到了門邊站著，把她那件棕色的開襟羊毛衫一會兒捲起，一會兒又拆開。

不過，至少瑪莉阿姨很開心，她正在跟坦多的媽媽聊天。坦多的媽媽就像是更高也更漂亮一些的坦多，他們母子倆有一模一樣的笑容，一模一樣光滑的褐色皮膚和俐落的短髮。梅希很喜歡坦多媽媽的藍色印花洋裝、大圈圈耳環和串珠。她還看到奧莉薇牽著她媽媽的手，母女倆在角落裡熱切的交談。

瑪莉阿姨來辦公桌找她：「梅希寶貝，我看妳還有事要做，那我跟芙蘿拉先帶野餐去操場了。妳把這裡的事做完了，再來找我們。」

等到教室空下來，每個人都去操場上參加驕傲南非的野餐時，梅希數的錢已經累積到五千七百三十蘭特了。

緊張得精神抖擻的普如伊老師把數字登記下來並將錢塞進一只大牛皮紙袋裡。然後，她鎖上了書櫃裡的珍貴文物。「喔，我的天！」她忽然喊道：「我應該要先打理好圖書館才行，三年級的合唱團要用。謝謝妳的幫忙，梅希。妳可以去跟大家玩了。」普如伊老師拎了手提包，急急忙忙的離開教室。

梅希可以聽到從操場傳來的尖叫和嘻笑聲。她想像著芙蘿拉阿姨和瑪莉阿姨孤孤單單坐在老舊的折疊帆布椅上的畫面，她想像她們的身旁鋪著那條毛茸茸的毯子，毯子上擺著那一組便當盒。她把手肘靠在桌上，用手不斷的搓揉著雙眼，彷彿想要藉此擺脫心裡的畫面。她知道她應該要去找她們，可是她真的很害怕走到外面的操場上，尤其是當所有的人都在操場上玩得很開心的時候。

「梅希，妳還在這裡？妳怎麼不出去找朋友玩？」普如伊老師又折回了教室，要拿掛在門後的圖書館鑰匙。她的後面還跟著碧翠絲。她看起來還是很匆忙，一瞥見辦公桌上裝錢的信封袋後，便連忙把它也跟其他的文物一起鎖進書櫃裡，然後將圖書館的鑰匙交給碧翠絲並說道：「快跑到圖書館幫我開門，拜託妳了，碧翠絲！」碧翠絲接過了鑰匙並衝出教室，普如伊老師又對著她的背後喊：「要記得把鑰匙還回來，謝謝妳，碧翠絲！」

梅希在操場昏暗的燈光下找到了瑪莉阿姨和芙蘿拉阿姨，她們跟坦多的爸媽坐在一起，坦多的爸媽已經架好了燒烤爐來烤肉。梅希在毛毯子上坐下，倚靠著瑪莉阿姨的膝蓋。每隔一會兒，她就會感覺到瑪莉阿姨把手放到她的肩上。

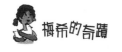

坦多的爸爸笑咪咪的遞給她一個裝了條香腸和麵包捲的紙盤，然後又蹲到便當盒旁，幫自己盛了些馬鈴薯肉餅和紅腰豆咖哩。「唔……唔……唔！」他一邊嘗一邊發出滿意的讚嘆：「Mnandi lo」（南非科薩族語，有意思！）。

梅希也俯身下去拿了些便當盒裡的食物來吃。她看到坦多的媽媽用羅提煎餅來舀腰豆咖哩，似乎很方便，便也如法炮製。瑪莉阿姨將一只不太平整的紙盤子放在她的膝蓋上並使用刀叉來吃，芙蘿拉阿姨則抱著腿上的那一盒椰子甜點坐在那裡，用叉子一塊接一塊的吃。

晚餐之後，坦多拿了幾顆沒人要吃的小青蘋果教梅希玩雜耍。結果，梅希衝來衝去的接蘋果，就是不明白為什麼它們的落點總跟她以為的差了九十公分；坦多卻毫不費力站在原地，輪流用雙手丟接三顆蘋果，動作看起來既優雅又慵懶。

「輕鬆的丟就好。不要這麼緊張。」他提示說。可是，梅希就是學不會。

注8：波耳戰爭是英國與南非波耳人建立的共和國之間的戰爭。第一次是一八八〇～一八八一年；第二次是一八九九～一九〇二年。

注9：指第二次波耳戰爭中發生於南非的梅富根的戰役。

第三十五章

星期一早上，大家一看到校長葛里賽夫人和普如伊老師並肩站在教室裡，就知道大事不妙。兩位老師的神情都緊繃又嚴肅得像聖經的條文一樣，整間教室安靜到梅希覺得好像每個人都可以聽到她的心臟在胸口砰砰跳的聲音。

在坦多利用滑不溜丟的鞋底，滑到他的課桌椅之後，葛里賽夫人就關上了教室的門。

「早安，六年級！」

「早安，葛里賽夫人！」全班用唱歌般的語調回答。

「我很遺憾必須告訴大家，我們發生了一件很嚴重的事。」葛里賽夫人說。「有一筆錢不見了！而且是一筆很大的數字！準確的說，總共是五千七百三十蘭特。原本是鎖在書櫃裡的。」她拍了拍書櫃的頂端。「普如伊老師在星期六的家長之夜之後，回到教室要拿賣抽獎券的錢去學校的保險櫃存放。結果，錢已經不見了！就這樣不見了！」她環顧著全班每一個人的臉，梅希幾乎不敢正面迎接她的眼神。「有沒有人對這件事有什麼話可說？」

全班鴉雀無聲。

「嗯，我告訴大家，在我們報警之前會怎麼做。我會先把你們每一個人都找來個別談話。普如伊老師會帶你們到圖書館，我知道你們大家都有功課要在那裡做。然後，我會把你們一個一個叫過來，我要知道你們在星期六晚上所有的行動，跟誰坐在一起或玩在一起，還有參加了什麼活動。全部都要打破砂鍋問到底。坦多，我會從你開始，因為你坐在最前面。」

坦多一聽到自己的名字，立刻停止了搖晃並在桌面上雙手合十。

「請大家收拾好自己的筆記本，跟著我到圖書館去。」普如伊老師說。

大家沉默的走出了教室。

到了圖書館之後，普如伊老師把梅希單獨叫過去。她們一起進了黛比小姐工作的小辦公室。普如伊老師關上門，坐在黛比小姐的辦公桌邊緣。

「梅希，我絕對不相信是妳拿走了錢。可是，大家都離開教室之後，只有妳一個人還坐在那裡。妳可以跟我解釋一下嗎？」

梅希要如何解釋自己為什麼遲遲不肯離開教室？事實是她不太願意承認，也很難向普如伊老師啟齒的。

「我只是……坐在那裡，普如伊老師。」

「只是坐在那裡？為什麼呢？」

「我也不知道。」她囁嚅著。

「妳不知道？嗯，我想妳去見葛里賽夫人的時候，一定要講出一個理由，只說『不知道』的話，會讓妳顯得很有嫌疑。」

她們默默無語的坐著。

「梅希，我感覺妳似乎有話要跟我說，是嗎？」

是的，普如伊老師說的沒錯。梅希有很多話可以說。可以告訴她那天晚上梅希並不是唯一一個獨自待過教室的人；碧翠絲在替圖書館開門之後，想必也帶著鑰匙回去過。

「沒有，普如伊老師。」

「好吧，梅希。」普如伊老師嘆了口氣。「妳去準備妳的口頭報告，還有等葛里賽夫人叫到妳。」

梅希回到了圖書館，感覺到每一個人的目光都落在她身上。即使她低頭看著地毯，也仍然可以察覺到每個人腦袋裡的竊竊私語。

她在歷史書的那一區停下了腳步。書架上有五本關於甘地的書，她抽出了其中一本，然後就發現有一只牛皮大信封袋夾在幾本書之間。可惜，來不及了，它已經跟著書本一起滑落，掉到了地毯上。

梅希愣愣的看著落在腳邊的信封袋。她應該彎下腰去把它撿起來，還是假裝沒有看見？

「呃，梅希！妳的東西掉了！」面對著她而坐的碧翠絲說道。

梅希彎腰撿起了信封袋，立刻就感受到裡面裝了現金五千七百三十蘭特的重量。五蘭特的硬幣像一陣小雨似的撒出來，散落在她的鞋子上和地毯各處。

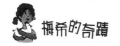

第三十六章

「如果是梅希偷的錢，老天爺，那她為什麼要藏在圖書館這種公共場合，然後當著全班的面掉在地板上？」瑪莉阿姨質疑道：「這未免太荒謬了！」

「我沒有辦法回答妳的問題，麥克奈特小姐。」葛里賽夫人的臉上掛著不耐煩的表情，就好像她穿了一隻太緊的鞋子。「我們也很納悶。」

瑪莉阿姨、梅希和普如伊老師都被找來在葛里賽夫人的校長辦公室開會。瑪莉阿姨走進來的時候，身上還披著做家事的破圍裙，想必是在匆忙中出門的。瑪莉阿姨的模樣看起來既蒼老又負擔沉重，梅希很難過自己又多加了一點負擔上去。她們一起坐在一張又小又硬的沙發上，瑪莉阿姨把梅希的小手握在她兩隻乾燥的大手之間。

「而且，梅希似乎無法解釋為什麼當其他人都在操場上野餐的時候，她要一直坐在教室裡……」葛里賽夫人看著始終緘默不語的梅希。

「有時候，我們心裡的事是很不容易解釋的。」瑪莉阿姨說。「梅希不願意解釋，並不等於她就犯了偷竊的罪。」

「是的！不過，如果她能交代一個理由，幫助我們大家了解……。」

「**我們的心往往有自己的理由，是理智所不能明白的。**」瑪莉阿姨說，「我相信您跟我一樣熟悉你們法國的哲學家，葛里賽夫人。我想我們都同意布萊茲・巴斯卡（法國重要的哲學家和數學家）的這句話傳達了某種程度的事實。」

「是，那當然。」葛里賽夫人說，雖然梅希懷疑瑪莉阿姨可能比校長更懂那些法國哲學家。兩位女士互相對視著。

先打破沉默的人是葛里賽夫人。「我恐怕必須在日誌上注明要請社工人員介入這件事並觀察梅希的狀況一段時間。我一直疏忽了這件事，不過我打算盡快做出補救。」

「妳所謂的狀況到底是指什麼？」

「梅希的缺乏參與。」

「她在學校的表現不好嗎？成績很糟嗎？」

「一點也不！」普如伊老師說，「梅希的表現非常好。」

「所以，問題是在……」瑪莉阿姨挑了挑眉毛問。

「問題是運動和戲劇也是學校課程的一部分，而梅希在這些領域的表現並不合群。」葛里賽夫人說。

「您有沒有想過，葛里賽夫人，有一些在人生中持續有重大貢獻的人，偏偏就是對團體運動或者業餘戲劇不感興趣？您認為莎士比亞如果被迫參加校內的越野賽跑，對他有什麼幫助嗎？或者，愛因斯坦會因為沒有被逼著在學校的話劇裡表演獨唱就沒有前途？」

「不，麥克奈特小姐，我不這樣認為。不過，梅希需要機會來發掘她的能力。我們的責任就是要給予她這些機會。」

「如果只是機會的話，我並不在意。」瑪莉阿姨說，「可是，事實上，她是被迫參與，而且還要被評價。我覺得那很令人困擾。就如同愛因斯坦說過的，『如果你根據爬樹的能力來評斷一條魚，那牠一定終其一生都以為自己很蠢。』梅希是一條知道自己本質的魚，而那個本質並不是舞臺，也不是運動。」

「梅希是一個孩子，需要學習跟別人合作。」葛里賽夫人說。「她必須融入這個體制。」

「你們的體制只是個精心設計的濾網，把那些有自我想法的孩子過濾掉並加以處罰。」瑪莉阿姨說。

就像是一場選手平分秋色的網球賽一樣：瑪莉阿姨這一方有法國哲學和機智，但是葛里賽夫人那一方有整個體制的分量。

「這件事我們可以改天再繼續討論。」瑪莉阿姨說。「現在的重點是，你們已經找回了失蹤的錢。除非你們有具體的證據是梅希『偷』的。」

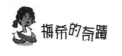

她用手指頭在空中比出了一組括號，「我建議你們還是不要做出這種沒有根據的指控。我現在要帶梅希回家，因為我認為今天早上對她來說，一定是非常難

過的一個早晨。兩位早安了！」

葛里賽夫人和普如伊老師還沒來得及反對，瑪莉阿姨的義憤就像大浪般的將梅希從沙發上捲起來並帶出了辦公室的門。

第三十七章

梅希暗暗慶幸瑪莉阿姨並沒有問她，為什麼那天晚上要逗留在教室裡，也沒問她會是誰把錢藏到了圖書館的書架上。她似乎對這些事完全不感興趣，也或許是因為她還有更重要的事要煩惱。

隔天早上，她偷聽到瑪莉阿姨打電話到學校說：「梅希覺得有點虛弱，今天不會去上學。謝謝，再見！」然後就掛斷了電話。

梅希知道今天是很重要的日子，一定要在家。因為芙蘿拉阿姨就要搬去老人之家了，而且德威特先生跟他的兒子會來把仍然掛在大花紫薇樹下，像顆金黃色大氣球的那團蜜蜂給移走。這兩件事之間並不是沒有關聯的。

經過前一天的事件之後，梅希有點害怕回去上學；可是萬　奈度太太去了學校，而且發現她缺席的話，那會怎麼樣？梅希覺得她在學校一直幫自己挖的那個坑似乎變得更深了，她還有可能再跳出來嗎？

不過，一看到芙蘿拉阿姨那只小小的、淡藍色的紙板行李箱打包好並綁著細繩放在前門口，她就下定決心要先把學校的問題擺一旁。

梅希幫忙瑪莉阿姨收拾了一小堆破舊的亞麻寢具：兩個羽毛枕、幾條薄床單和一條滾緞子邊的藍色羊毛毯。瑪莉阿姨把她們父母的結婚照也拿了下來，放在要帶走的行李箱旁。

「親愛的，待會兒芙蘿拉要走的時候，可別大驚小怪的道別。」瑪莉阿姨對她說。「我們每一天都會去看她，而且我們愈鎮定，她就會對我們愈有信賴感。」

「不必告訴她是怎麼一回事嗎？」梅希在心裡嘀咕著，她如果是那個要被送走的人，寧可有人告訴她。

「**有時候，把難題保留在自己的心底，是更富於愛的表現。**」瑪莉阿姨說。

「我們必須替她承擔下來，她沒有這樣的力量。」

梅希很擔心瑪莉阿姨還有別的什麼難題保留著沒說。有沒有什麼事是瑪莉阿姨會認為她——梅希，是沒有辦法承受的呢？

當瑪莉阿姨開車載芙蘿拉阿姨離開的時候，梅希沒有去送別。她跟辛格先生到隔壁的空地清除那些鋪地狼尾草，它們已經高得掩蓋了在野梨樹下悄悄腐爛的老蜂箱。這個老蜂箱是雙層的箱子：下層一個大孵育箱和蓋子底下一個稍小的上層箱。德威特先生要把在大花紫薇樹下的那一團蜂群遷移到孵育箱裡。

辛格先生把蜂箱倒過來檢查，外面的木頭已經老化，但是沒有破洞，蜜蜂逃不出去。他用軟毛刷清理它的時候，梅希又在高高的草叢裡找到了四枚磚塊。他們把孵育箱放到了新的磚腳上，再把上層箱疊上去。德威特先生早上掉落的木框則被插進了箱裡，用來支撐蜜蜂將要打造的蜂巢。最後，再換上新的蓋子。

聽到車子從車道開出的聲音，梅希便踮起腳尖，目送著那部黃色老爺車從哈德森路的路口拐彎後消失不見。辛格先生把頭上遮陽帽脫下來，用雙手握著，彷佛在參加一場葬禮；從某方面來說，也的確如此。梅希強忍著眼淚。

過了不久，德威特先生的喊聲從圍籬那邊傳來：「已經做好安全措施了。我們動手吧！」

德威特先生和他的兒子克里夫一副太空人的裝扮。寬大的白色工作服、白手套、白膠靴，頭上還戴著有護網的頭罩。辛格先生解釋說，那是因為蜜蜂比較容易受到深色的刺激。「如果妳穿黑色的衣服，牠們可能會把妳當成是一頭蜜獾而攻擊妳。」他說。

「我可以在旁邊看嗎？」梅希問。

「可以，但是我希望妳能夠進到屋子裡，在關起來的窗戶後面看。」德威特先生說。「而且，妳最好把那隻母雞也帶進去。妳不會想要跟一群蜜蜂玩雞飛狗跳的遊戲。」

梅希捧起了在地上的檸檬，緊抱在胸前，然後帶著牠進入臥房，站在窗口往外看。她一邊看，一邊用手指頭輕撫著檸檬光滑如絲的頭。辛格先生也站在他們

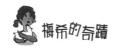

的身旁。

「梅希，如果妳想要捕捉一群蜜蜂，就要先找到那隻蜂后。所有的蜜蜂都會跟隨蜂后。她就在牠們的正中央。」

德威特先生在蜂群底下的一塊白布上擺了個硬紙箱。他們用剪刀先剪斷掛著蜜蜂的樹枝，然後將它懸在箱子上。梅希屏氣凝神的看著。克里夫搖了一下樹枝，那一團蜜蜂就落進了箱子裡。接著，他們蓋上蓋子，再用白布把箱子包裹起來。德威特先生把整個白布包袱帶到圍籬邊，交給他的兒子。然後，他們就消失了，後面跟著幾隻逍遙法外的蜜蜂。

「妳知道一隻蜜蜂辛苦一輩子，只能釀出十二分之一茶匙的蜂蜜嗎？」辛格先生說。

「十二分之一茶匙？那簡直……等於沒有。」梅希覺得這聽起來實在有點令人沮喪；忙碌了一輩子，成果就只有一茶匙的那麼一丁點兒而已。

「嗯，可是點點滴滴的蜂蜜加起來，最後妳就可以從一個蜂箱得到好幾公升的蜂蜜；而且，妳知道如果蜜蜂不做工會怎麼樣嗎？」
「沒有蜂蜜？」
「對，而且也會沒有蘋果，沒有核桃、橘子、莓果、桃子、酪梨或番茄……很多很多的水果和蔬菜都需要蜜蜂。因為在蜜蜂忙著採花粉的時候，其實也同時在幫這個世界做一件很重要的善事——也就是授粉。妳還記得莎士比亞寫的那首詩嗎？關於慈悲的？」
「祝福什麼的？」
「對，慈悲，祝福給予的人，也祝福接受的人。花朵和蜜蜂也是如此。施與受，豐富了彼此的生命。這是一種慈悲的小舉動，也是一個奇蹟，一種美好的安排。」
梅希靜靜的思考著這番話。
「甜美的幸福就存在於這些小小的生命循環裡，梅希。而不是在那些喧囂的大事物裡。」

就在這時候，彷彿得到信號似的，前門發出一陣喧囂的巨響。

砰！砰！砰！

梅希、檸檬和辛格先生一起前去查看，發現克雷門先生滿身大汗的倚著門框，一副他已經擁有了這個地方的模樣。

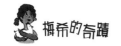

第三十八章

「我來找麥克馬芬夫人。」克雷門先生說。「她在家嗎？」

梅希又注意到了他腋窩底下的大片汗漬。

「不在。」辛格先生說。「麥克馬芬夫人不住在這裡。不過，麥克奈特小姐稍後就會回來。有什麼事嗎？」

「Ja，跟她說我來了。還有，她應該在月底前搬走，我先帶我的電鋸和挖土機過來處理那些樹。」

「樹？」

「我們要先移除那些比較大棵的樹，月底才能開大平土機過來拆房子。我只是禮貌上說一聲，免得她看到樹倒下來被嚇到。」

「你有經過她的同意嗎？過戶手續還沒辦好吧？」

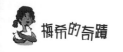

「我跟你說我有什麼，我有忙得要死的行程表要跑。你只要轉告那位麥克炸雞或者什麼鬼的女士就行了。可以嗎？」

「我一定會轉告她的，不鳥人先生。」

「是克雷門，不是不鳥人。」

「好的，擂人先生，我一定會跟她說。」

克雷門先生放棄了，只惱怒的揮揮手就轉身走下了小徑。

梅希不知道該哭或該笑。

「我想我必須讓麥克奈特小姐知道這件事，梅希。我們可能需要請一位律師。老人之家的電話號碼是幾號？」

梅希打開了桌子抽屜，從一疊紙當中找出那本小冊子來，遞給辛格先生。

辛格先生撥了號碼並露出一臉困惑的表情。他晃晃按鈕又甩甩話筒，但就是沒有撥號的聲音——電話不通了。

「我去找德威特先生。也許我們可以用他的手機。」

辛格先生出去了很久，只剩下梅希一個人不知所措的在家裡。她想利用剩下的羊毛線幫芙蘿拉阿姨織個熱水瓶的套子，於是就坐在陽臺上，試著把心思集中在針線上；可是才織到第二排，她就漏了一針，而且是大拇指插得過去的一個洞，只有瑪莉阿姨或穆林斯太太才能解救。

她只好乾坐在那裡，呆望著那些樹：盛開著美麗粉紅色花朵的大花紫薇、為車棚提供了遮蔭的羊蹄甲，還有鴿子最愛棲息的那棵山核桃樹。她無法想像它們被砍掉的樣子，一絲一毫也無法想像那樣的蹂躪。

仍然穿著一身白色工作服的德威特先生一邊脫手套，一邊邁著大步從小徑走上來。辛格先生小跑步的跟在後面。

德威特先生氣呼呼的說：「辛格先生，請原諒我的法文，不過我好像在這裡聞到了一股齷齪的味道。這棟房子這麼多年來一直都很堅固，可是自從這個傢伙出現之後……所有的東西都跟著開始壞掉。屋頂漏水漏得像個篩子，電也斷了。不可能，我跟你說，我就是不信！」

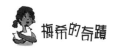

「我們要不要乾脆到屋頂上去看看是怎麼一回事？」辛格先生說。

「Ja。我上一次來看電線的時候就應該要的，可惜時間太趕了。梅希，活板門在哪裡？」

「活板門？」

「就是通到屋頂的門。在天花板的某個地方應該有個小開口。」

梅希跑到了走廊上，指著一個小小活板門的輪廓。她在這棟屋子已經住了六年，從沒見它打開過，她很驚訝自己竟然知道它的存在。然後，她又幫忙辛格先生把沉重的木梯從前門搬進來。從星期天疏通簷槽之後，它還一直倚在屋子側邊的牆壁上。

她看著兩位男士一頭鑽進了天花板上的小洞口。起先是德威特先生的大白腿掛在那裡，經過了一陣子的吸氣和喘氣，終於消失不見。接著，辛格的瘦腿也像蚊子腳似的掛了一會兒之後才消失。她站在走廊上，抬頭望著那個黑洞，聽到他們砰砰的腳步聲和模糊的說話聲。

「辛格先生，你來看看！」德威特先生喊道。「該死！」她聽到「咚」的一聲，想必是德威特先生的手電筒掉了下來。

接著，德威特先生的大臉出現在洞口。

「梅希，去跟克里夫說，要帶手機過來，我們一定要拍照才行。」

梅希立刻跑到馬路的對面。克里夫正在他的皮卡車後面脫捕蜂裝。他們帶著手機回來了，然後克里夫兩步做一步的爬上了梯子。

又剩下梅希一個人在下面抬頭張望了。她小心翼翼的爬上了梯子並踮起腳尖，想看看到底是什麼事讓德威特先生如此激動。閣樓裡又熱又暗，只有手電筒的燈光在遠端揮動。不過，她可以隱約看到洞口附近有幾口箱子的形狀。男士們開始往回走了，她又趕緊溜下來。

「那絕對是被人動過手腳的樣子。」德威特先生說。「那個油嘴滑舌、討人嫌的傢伙一定是拆了屋頂的瓦片並堆在一起。好像在賭我們笨到不會注意似的。而且，我看得出來他剪斷了電纜線，切口很整齊。」他用手帕握著鉗子的一隻手

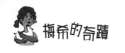

柄。「他甚至直接把它扔在那裡——做案的工具。」

「可是，他是怎麼上去的呢？難道他潛進來屋子過？」梅希實在很不願意想到汗流浹背的克雷門先生偷溜進來，通過了走廊，然後爬上那個就在她臥房外的活板門的樣子。

「不必，有辦法的人照樣上得了屋頂。」德威特先生喘著氣說。

「你要打電話給瑪莉阿姨嗎？」

「我在德威特先生家已經打過電話到老人之家了。」辛格先生說。「可是，接電話的人說她正在跟院長開會，沒辦法請她來聽電話。」

「這樣吧，辛格先生，你當證人跟我走一趟。克里夫必須回去工作。我們必須拍照下來，要找一位律師，而且我們一定要阻止這件荒唐事。」

「梅希，妳沒問題吧？」辛格先生問。「我想瑪莉阿姨很快就會回來了。」

梅希點點頭，雖然她的脊椎骨上彷彿有一堆驚慌的蜘蛛在爬上爬下。萬一克雷門先生帶著他的電鋸回來砍樹怎麼辦？她要如何才能阻止他？

第三十九章

梅希巡視著每一個房間。每一樣東西都看起來如此老舊、單薄、褪了色，卻又讓她有種深刻的熟悉感和安全感。她知道，如果沒有這些裸露的牆壁、地板、破舊的窗簾和塌陷的床鋪，這個世界就只是一個冰冷殘酷的地方而已；沒有這些破破爛爛的保護，她根本無法存活。

她決定了，如果克雷門先生帶著他的電鋸和挖土機來，她一定要自己去面對他。於是，她拿了放在床邊的那個裝著小鳥的鞋盒，將一張帆布躺椅拖到在午後微弱的陽光中晾著茶包的矮牆上，然後盯著馬路。

公爵在圍籬後吠叫。一群鳳頭朱鷺降落在德威特先生的草坪上，用牠們的鳥喙對著堅硬的泥土又鑽又啄，然後張開灰色的大翅膀起飛，在一片靜謐中發出尖叫聲。檸檬撓抓著枯葉，正在享受一場沙浴。遠處有來來往往的汽車。除此之

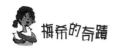

外，平靜無事。

過了一會兒，梅希打開盒子，取出瑪莉阿姨送她的那個最小隻的銅鳥。她用一些晒乾的舊茶包幫它做了間小屋子，還特別留了一扇大門，讓它可以在必要的時候逃脫。這個屋子看起來就像是一個用小沙包堆成的防空洞。兩枚陶瓷鳥的大頭守著入口兩側。她還在地板上放了幾根檸檬的白羽毛，當成小銅鳥的軟床，把金屬鑰匙圈掛在牆上當成小吊飾。其他的小鳥都躲藏在茶包防空洞的後面，準備在敵人入侵時跳出來突襲。

她移動著它們，有一些小鳥會因為驚慌而想要雙雙對對的躲起來；不過，有一隻勇敢的木頭鳥站到了一堆茶包上，準備一發現情況有變就立刻向大家示警。在遭遇到攻擊的時候，所有的小鳥對於該如何應變，都有自己不同的想法。

「快飛走！」玻璃鳥們說。

「戰鬥吧！」木頭鳥們說。

「只要躺下來等著被捕捉！」串珠小鳥們說。「克雷門先生就會對於自己的行為感到懊惱不已。」

突然間，毫無預警的，一輛載著挖土機的平板車開過來停在人行道上。克雷門先生坐在車子裡，另一名穿著鮮藍色工作服的男子則跳下車，並關上了右前座的門。梅希看著車子的平板傾斜下來，將挖土機降到馬路上，然後，穿工作服的男子跳上挖土機並將它開上車道。他將沉甸甸的小車向左轉，讓它對準羊蹄甲樹，先倒退，再前進幾公分。他只要再往前開半公尺，這棵樹就會整個被推倒。

梅希想都不想的立刻跑去站在樹和挖土機的大鏟子之間。

「嘿！滾開！」克雷門先生在人行道上大叫，並戴上了一雙巨大的皮手套。他一邊揮舞著大電鋸，一邊從車道走來。「那棵樹倒下來的話，妳會受傷的。丫頭，我警告妳！」

梅希站在那裡，兩手交抱在胸前，不讓她的心臟從胸口跳出來。

「我跟妳說了！讓開！」克雷門先生說。「多米沙尼，把這個小孩弄走！」

多米沙尼嘆了口氣，從挖土機跳下來。克雷門先生開動了電鋸，發出撕裂空氣的轟隆巨響。檸檬嚇得咯咯亂叫，發瘋似的飛到羊蹄甲樹上。

「不要！」梅希用怒吼對抗巨響，看著那個大塊頭男子愈走愈近，「我有權……」多米沙尼停下了腳步並皺起眉頭，似乎想要聽清楚她在說些什麼。他右手朝後揮了揮，示意克雷門先生安靜一下。克雷門先生關掉了電鋸。四下頓時陷入死寂。

「妳說啥？」多米沙尼問。

「我有權……。」

「有權怎麼樣？」

梅希忽然心慌起來。「我有權……有權要求在此項程序尚未完成前，暫停執行此一命令。」她用微弱的聲音說。

克雷門先生和多米沙尼疑惑的四目相覷。

「根據二〇一〇年通過的兒童法。」梅希又補充說。

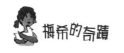

「我們可沒時間聽妳放屁！」克雷門先生說。「快點滾開！」

不過，那些字開始一個一個的回到了梅希的腦袋裡。「所有的兒童都有權享有一個安全、穩定，並能提供教養的家庭，而且有權以成員的身分來參與此一家庭。」她又試著再說一遍。

「Ja？」克雷門先生說。「嗯，去說給在乎的人聽吧！把這個叫做可憐兮兮，還是髒兮兮，或者什麼鬼的小孩帶走，鎖到卡車的駕駛室裡，直到我們完工。我的天！」他把卡車的鑰匙拋給多米沙尼，然後又重新開動了電鋸。

多米沙尼撲過來的時候，梅希想要躲到樹的後面，可是仍然被抓住手腕並拖了回來。多米沙尼用孔武有力的雙臂把梅希抱起來扛在肩上，從車道走向了卡車，就好像她只是一包迷你馬鈴薯似的。梅希一邊大叫，一邊死命的踢他並捶他的胸部。然而，電鋸的轟隆巨響完全蓋掉了她的抗議聲。

多米沙尼要打開駕駛室的門時，梅希使盡了全力掙扎，但是多米沙尼牢牢的抓住她的雙腿。他打開車門，把她丟進去，關上了車門並按下鑰匙圈上的一個按

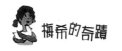

鈕，車門立刻發出可怕的上鎖聲。

梅希猛壓著車上的按鈕，車窗卻文風不動，車門也一樣。難道就沒有一個按鈕可以讓她解鎖嗎？她實在想不通。瑪莉阿姨的車上有一些小把手可以把車窗搖下來，也有一些真實的旋鈕，可以讓你拔起來打開車門；可是這輛卡車上全是電子裝置。梅希被囚禁在車裡，只能眼睜睜的看著克雷門先生一步一步走過去，開始鋸羊蹄甲樹的矮枝，就像拿刀切斷麵條一樣的簡單。檸檬在哪裡？牠一定會被這噪音嚇壞了，梅希但願牠已經找到了安全的地方躲藏。

忽然間，她看到了喇叭的符號。她使出全身的力氣來按壓一個在方向盤上的小小喇叭符號。叭─叭─叭─！

在瑪莉阿姨、德威特先生或辛格先生回家之前，製造噪音就是她唯一能做的事。而她根本不知道他們什麼時候才會回來。

出乎意料的是，被噪音召喚來的，不是瑪莉阿姨或辛格先生，也不是德威特先生，而是瓦古醫生。梅希只顧著猛按喇叭和盯著羊蹄甲被斬斷的殘枝，完全沒注意到瓦古醫生出現在卡車車窗前。他一邊用手遮著陽光，一邊朝黑摸摸的駕駛室裡看進來。

梅希嚇了一大跳，然後指指正在倒退著查看該如何讓已經受傷的樹幹倒下來的克雷門先生和多米沙尼。瓦古醫生立刻就釐清了整個情況。他比手畫腳的朝那兩個人大步走了過去。克雷門先生揮著電鋸，但是瓦古醫生顯然占了上風。一陣叫罵和比劃之後，克雷門先生把卡車鑰匙扔給了瓦古醫生。瓦古醫生壓下了按鈕，梅希便聽到車門解鎖的聲音。

她從車子裡爬了出來，感覺整個人都在搖晃不定。瓦古醫生正在用宛如上帝的聲音叱責那兩個人。

「你們居然嚇一個小女孩？嗄！嗄？Vous avez le cerveau d'un sandwich au fromage!」梅希稍後才知道這句話的意思是「你們的腦袋裝的是起司三明治！」瓦古醫生要求克雷門先生出示文件，證明他有權利砍掉這座花園裡的樹木。「我

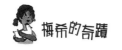

要看到正式的文件。」瓦古醫生說。但是克雷門先生什麼文件也拿不出來。

「沒有許可文件？那你們就必須離開！」瓦古醫生說。他把大手放在他們的背上，堅定的把他們送回在人行道上的卡車。

「我明天會帶著文件回來！」克雷門先生開走時從車窗往外吼。「到時候，倒楣的就不只是那些樹了。」他在路底把車子調了個頭，又從房子的前面經過一遍。他從車窗伸出了手，朝著瓦古醫生的方向，做了個砍樹的動作。「你最好把你的文件也帶過來。你這個到處製造麻煩的下流老外！只要我想，我可以讓你活在地獄裡！」

「哈！」瓦古醫生不屑的揮了揮他的巨手，表示他根本不在乎。

第四十章

那天晚上，廚房裡擠滿了人。梅希坐在滴水板上，將蠟燭油滴到碟子裡，再插上搖搖晃晃的蠟燭；瑪莉阿姨忙著替油燈填充煤油；辛格先生把印度咖哩餃傳遞給大家；德威特先生將一瓶兩公升的可樂倒進一只只的小茶杯裡。一襲長袍的瓦古醫生則站在門邊，像個巨大的藏青色守門人。

「再說一遍給我們聽。」瑪莉阿姨得知梅希衝過去保護那棵樹後，感到很欣慰。

「我根本幫不上什麼忙！」梅希說。「只有被關在卡車裡，而且克雷門先生還是砍掉了樹枝。」

「正好相反！」瑪莉阿姨說。「妳很努力的按喇叭，而且現在那棵樹仍然好好的站在那裡。這都是妳和瓦古醫生的功勞。」

「在法文裡，我們會說**Je m'en fouts**。」瓦古醫生說。「意思就是說，不要在乎老鼠的尾椎，如果當你退到背後只剩下……」他拍了拍牆壁。

「喔，說得好！」瑪莉阿姨說。「**Je m'en fouts**。瓦古醫生，我想你要說的是老鼠的**屁股蛋**。當你退無可退的時候，不要在乎老鼠的**屁股蛋**。這是一種勇敢的藝術，也是我很佩服的精神。」

梅希嚇了一大跳。她從來沒聽過瑪莉阿姨使用**屁股蛋**這種字眼。她連屁股都不說的。按照她的標準，**臀部**才是正確的用字。

「梅希，很抱歉我跟辛格先生沒有像妳一樣成功的達成使命。」德威特先生說。

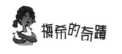

辛格先生和德威特先生當時風塵僕僕的衝到鎮上去找律師，希望藉著他們在屋頂上發現的異狀，申請一個叫做強制令的東西來阻止房屋的出售。然而，律師說必須由瑪莉阿姨親自來處理，因為她才是這棟屋子法律上的所有人。他們只好又開車去老人之家。等到他們找到了瑪莉阿姨，卻又塞在艾伯特盧圖利主席路上的車陣中，律師事務所早已打烊了。

「我明天一大早就去找律師。」瑪莉阿姨說。「德威特先生，您能不能帶著手機裡的照片，跟我走一趟……？我怕我對現在這些時髦的電話一竅不通，需要你的幫忙。梅希，妳跟辛格先生最好留在家裡，在我們帶著強制令回來前，盡量不要讓克雷門先生破壞太多東西。瓦古醫生，或許您可以助我們一臂之力？」

「當然，我義不容辭。」瓦古醫生說。

「不行！」梅希忽然想起了克雷門先生的威脅。「克雷門先生說他明天要看你的證件。瑪莉阿姨，他可能會惹上麻煩。」

「沒錯，梅希。瓦古醫生，您還是別過來了。萬一克雷門先生找了警察來逮捕我們大家，您被牽扯進來可就不好了。他們說不定會把你遣返塞內加爾。」

「不！」瓦古醫生說。「我會來的。」

「不行，我堅持。」瑪莉阿姨斬釘截鐵的為討論畫上了句點。梅希知道瑪莉阿姨堅定起來，連落石也能擋下，即使是像瓦古醫生這樣雄壯威武的人似乎也知道自己無法匹敵。

「那我就來呼求祖先的庇護。」瓦古醫生說。「你們在跟avocat談的時候我就這麼做。」

「妳為什麼要跟酪梨談？」梅希低聲問瑪莉阿姨。

「我不會跟酪梨談。」瑪莉阿姨呵呵笑了兩聲。「不過，我會找一位avocat談，那在法文裡就是律師的意思。」

瓦古醫生把他的大頭往後一甩，放聲大笑。「Avocat，avocado。有時候是一樣的東西。」

「我跟梅希會留在這裡阻止惡魔上岸。」辛格先生對著廚房的天花板揮舞著他瘦巴巴的手臂。

梅希知道，對多米沙尼而言，將辛格先生抓起來扔在肩上，就跟抓她是一樣的簡單。事實上，她可以想像他們倆被同時抓起來的樣子。他們根本就不會是克雷門先生的對手。更何況，克雷門先生有一把電鋸和一臺挖土機。不在乎一隻老鼠的屁股蛋或許發揮過一次效用；然而，梅希有種預感，克雷門先生明天一定會準備得更充分再來。

「克雷門先生的挖土機還在這裡。」梅希說。

「哈！他的挖土機還在，並不代表他的挖土機明天早上還能用。」德威特先生露出一個狡黠的笑容。「辛格先生？瓦古醫生？」兩個人都應聲點了點頭。「麥克奈特小姐，請借給我們一把螺絲起子和一盞油燈。」

「沒問題，德威特先生。本著**je m'en fouts**的精神，我把整箱的工具都抱來給你。」

瓦古醫生提著油燈讓德威特先生拆挖土機的背板，準備對引擎動手腳。「可惡！」德威特一邊使勁兒一邊說。「可能要有特別的工具才撬得開這傢伙。」

辛格先生爬進了駕駛艙裡到處看，他撥撥頭頂右側的開關，艙裡立刻亮起一個燈。「我們讓事情簡單一點吧！」他說。「如果只是很單純的，由於一個小疏忽，讓這盞燈亮了一整夜，電池一定會被耗盡。」

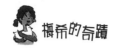

「辛格先生，你真是個天才！」德威特先生說。「讓那個傢伙忙著接電發動，就可以幫我們多爭取到一些時間。」

駕駛艙的燈光在挖土機的四周投射出了深深的陰影，然而當瓦古醫生提著油燈要走回屋子時，梅希看到在他們家和隔鄰之間的那道鐵絲網圍籬上，似乎有一抹白色的東西。而且，身體知道的速度，似乎比訊息傳送到腦袋的速度還快；因為她聽到自己大叫一聲「檸檬！」並衝向了圍籬。

檸檬失去生命的掛在那裡，牠的頭卡在網子上。

瑪莉阿姨輕輕的解開那顆被勒住的頭，把檸檬軟趴趴的遺體交給了梅希。梅希看到檸檬的鳥喙外有一道細細的血痕。

「噢，可憐的小傢伙！」瑪莉阿姨說，「牠一定是被電鋸的聲音嚇到了，才會飛去撞鐵絲網，然後就把自己給絞死了。」

梅希溫柔的觸摸著牠小小的頭顱並撫摸牠的羽毛。今天早上，牠還那麼活蹦亂跳！怎麼可能現在就一動也不動了？

「噢！親愛的，我很遺憾。」

「噢，la poule，la poule（法文的母雞）！」瓦古醫生把手輕輕放在梅希的肩膀上。

梅希把那隻母雞抱在懷裡，讓淚水悄悄的滑下了臉頰。

第四十一章

梅希想必是在瑪莉阿姨的床上睡著了，因為她一早醒來，發現床墊的感覺不太一樣，似乎離地面遠了一點；而且，從褪色的紅色窗簾透進來的是玫瑰色的光。她擱在枕頭上的手沾滿了泥巴，指甲邊緣也黑黑的。然後，她想起了前一晚的事：德威特先生在無花果樹下挖了一個坑來埋葬檸檬，瑪莉阿姨在一旁提著油燈，而辛格先生則負責禱告。

「從虛幻引領我們到真實，從黑暗引領我們到光明，從死亡引領我們到永生。嗡，香提、香提、香提。」（注10）

她轉頭面向牆壁。她可以聽見背後隱約傳來錫壺被放上煤油爐的哐啷聲，還且，他把頭髮梳到了一邊，梅希可以看到梳子畫出來的分線。

「這種場合最好穿得正式一點！」德威特先生調整著格子花紋的大領帶。「沒錯！」瑪莉阿姨說。「正如馬克吐溫所說的，『人要衣裝。赤身裸體的人對社會沒什麼影響力』。」她拿掉了眼鏡，對著鏡片哈！哈！的呵氣，並用一條塞在手提包裡的手帕把它們擦乾淨。「而今天，德威特先生，我們一定要有影響力。」

梅希和辛格先生目送著他們開著老爺車離去，然後站在門前的臺階上看著花園。花園裡散落著羊蹄甲的樹枝，一副受傷的面容，就像是頭上包著繃帶的人。

「好了。」辛格先生說，「梅希，就只剩下我跟妳了。」他搓了搓雙手，彎彎膝蓋，彷彿在為即將展開的戰鬥暖身。「妳昨天已經展現過妳的勇氣了，所以妳也算是有經驗的人了。」

梅希還沒有把前一天發生的事原原本本的告訴過任何人。從圖書館讀到的書讓她知道：真正的非暴力抵抗或者**沙提耶格拉哈**的意思是不要回擊。當你被帶走的時候，你不應該踢人或用拳頭揍人。然而，她不太確定她有辦法平靜而有禮貌的接受任何情況發生，就像甘地那樣。而且，現在會有辛格先生在看著。她前一天抵抗克雷門先生的時候，完全沒想到關於**沙堤耶格拉哈**的事，她只是順著自己的感覺去做。

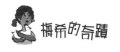

可是，今天她覺得很疲倦。哭泣已經耗盡了她的心力，她知道她沒有力氣再跟克雷門先生對峙一次。反正那又有什麼用？就算他們拯救了這棟屋子，讓它不會被摧毀，並說服克雷門先生取消收購，他們的難題也依然存在。芙蘿拉阿姨的病仍然不會好轉，仍然會搬去老人之家；而且，她們仍然會一樣的貧窮；檸檬也仍然死掉了。拯救這棟屋子，根本解決不了多少問題。

「克雷門先生這一次大概會把我們兩個都抓起來，鎖在卡車裡。」她說。

「那我們要怎麼辦？」

「對。」辛格先生說，「他可能又會這麼幹。」辛格先生笑嘻嘻的躍上了門廊的矮牆，想找一個更好的視野來觀察馬路。「重點是，梅希，我們永遠不知道制。紀律、尊嚴和克制。」普如伊老師高喊著這幾個字，以為它會是一個很有感染力和號召力的口號，結果卻沒有半個人跟著喊。

「聽起來不怎麼有趣！」悠蘭達從嘴角迸出一句話。

「一定會很有意思的。」普如伊老師說。「我向妳保證！有你們大家的參與，這是毫無疑問的。」

普如伊老師在幫大家整隊的時候，梅希把腳踏車牽到了車棚底下。克雷門先生看起來還沒抵達，讓她鬆了一口氣。不過，穆林斯太太坐在羊蹄甲樹下的一張帆布椅上，身邊擺了個硬紙箱。箱子上有一杯茶和一個盤子，盤子裡則裝了三塊石頭餅乾。

「妳搬救兵來了呀！」穆林斯太太說著，向普如伊老師招了招手，「我負責看守羊蹄甲。我會抱住它，死也不放手。如果他們想要把我抬走，那就祝他們好運！」她豪爽的大笑起來，笑得好幾層的下巴都在晃。「那一定會像抬走一個大爐子一樣！」

「說不定還得用到挖土機！」辛格先生的聲音從小路的另一頭冒了出來，還伴隨著一聲輕笑；不過，梅希沒見到他的身影，直到穆林斯太太指了指他那雙從山核桃樹的矮枝垂下來的瘦腿。

「我從學校帶了一些朋友回來幫忙。」梅希朝著樹上喊。

「我看到了！」辛格先生說。「看到這麼多可愛的年輕人要來幫我們的忙，我的心情好到要唱歌了。我要下來好好的歡迎他們。梅希，幫我把梯子搬過來，靠在樹上。」

梯子之前被他踢開並橫臥在樹旁。

「噢！這上面實在是不怎麼舒服。」辛格先生從樹上下來後，揉了揉他的臀部，「我應該要帶個墊子才對。」他用一雙彎彎的腿蹣跚的走過去跟普如伊老師握手。

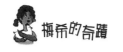

梅希正在為普如伊老師和辛格先生彼此介紹的時候，一陣臭氣熏天的柴油味和轟隆隆的引擎聲忽然傳了過來。是克雷門先生來了。卡車後面還載了兩名穿著藍色工作服的工人。兩個人都戴著面罩和大皮手套，手持著電鋸。

克雷門先生穿著一件黑色的工作服，兩手插腰的站在人行道上，瞪著花園裡滿滿的人。他數數人頭，又看看他的卡車駕駛室。那裡面無論如何也塞不下十四個人。

「這就是妳的打算，慘兮兮？」他問梅希，「嗄，慘兮兮，找了這麼多人來，妳以為這樣就可以阻止我？」他拿出了手機。「我只要撥個電話給我開私人保全公司的朋友，叫他派人過來把……。」

「早安。」辛格先生說，「我想您應該有帶正式的文件，證明你有權利拆除這個花園吧？」

克雷門先生翻了個白眼並轉身到卡車的駕駛室裡翻找。他拿出一疊文件，在頭上揮了一揮。「Ja，我有文件。」他說。「如果你們一定要這樣礙事的話！」

「讓我看一下！」辛格先生伸出了手說。

「你懷疑我？」克雷門先生又想把文件塞回駕駛室裡。

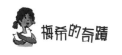

「我只是想看看文件而已，麻煩您！」辛格先生彬彬有禮的說。他朝克雷門先生邁近了一步。普如伊老師也一樣。

克雷門先生把文件砸向了他們，然後大步走開，開始指揮他的工人們。

梅希拾起散落到地面上的文件，交給辛格先生和普如伊老師，然後去跟花園裡的同學們會合。

坦多、ＪＪ和悠蘭達已經爬到了山核桃樹上，奧莉薇和賈米拉手勾著手，挺立在大花紫薇樹前，其他人則坐在門前的臺階上，靜待著命令或等著看接下來會發生什麼事。

「所以，梅希，這就是妳家？」碧翠絲問。她從嘴角吹了口氣，想把擋在眼前的瀏海吹開。

「是的，怎麼了嗎？」

「沒事、沒事。」碧翠絲笑一笑並聳聳肩。「只是很……可愛。有種復古的風格。」她皺皺鼻子說，「我很喜歡。不過，說不定，乾脆拆掉再重建一個比較，嗯，現代化的，會更好？」

梅希留意到諾來瑟葳聽到碧翠絲的話後，微微張大了眼睛看著梅希，彷彿在說，「很抱歉！」

「嗚喔！」諾來瑟葳從臺階上一躍而下，並張開了手臂，抱住那株纏繞著起居室凸窗的紫藤老樹的樹幹。有一名工人帶了一把電鋸正要走過去。他停下腳步，露出猶豫的表情。

「**Iyeke mnganewami.**（科薩語：留給我的朋友）」諾來瑟葳對工人說。

「妳會說科薩語？」工人問。

「**Ewe!**（是的）」諾來瑟葳說。「拜託，叔叔，放過這棵樹吧！」

「好的，**ungusis wam.**（妳是我的姐妹）」工人轉身去找別的樹砍，可是每一棵都做了標記，都有人在守護。

梅希感覺到心裡有一股暖流開始流動。原來，她並不孤單。

羊蹄甲樹那邊忽然傳來了叫喊聲，原來是穆林斯太太朝準備發動挖土機的多米沙尼扔了一塊石頭餅乾。多米沙尼摸了摸頭並哈哈大笑。

「一點都不好笑！」克雷門先生大叫並將卡車鑰匙丟給多米沙尼。「不要笑了，快把跨接線拿走！」

「不好意思，這些所謂的文件……」辛格先生說。「一份是電費帳單。另外，還有三份。」他舉高了手裡的文件，「是舊的交通罰單。」

克雷門先生調頭走開了。他背對著花園站著，看著馬路，再次掏出手機。每一個人，包括工人，都停下了手裡的工作並看著他。他撥了一個號碼，踢了一顆人行道上的小石頭；小石頭飛出去，剛好打中卡車的輪轂蓋。

「嘿，洛伊德。你好嗎？Ja，是我。我這裡有點狀況。Ja，在哈德森路。所以，你能不能找些車子來幫我？Ja，沒錯。只不過更糟。比如說，十四個？帶著……你知道的。Ja，當然。好的，拜拜！」

克雷門先生把手機放回夾克並看了看手錶。他兩手交抱的坐在矮牆上背對著大家等待。多米沙尼和其他的工人從卡車裡取出了扳手，又繼續忙著撬開挖土機背面的金屬板來找電池。

辛格先生找普如伊老師和穆林斯太太一起商討對策。普如伊老師拿出她的手機，也打了一通電話。然後，他們把大家都叫到山核桃樹下集合。悠蘭達、坦多和ＪＪ也從樹上跳下來一起加入。

辛格先生告訴大家說，接下來會發生什麼事，誰也不知道；不過，不論如何，大家都千萬不可以回手。

「如果有人想要把我抓走的話怎麼辦？難道我不能踢他？」ＪＪ問。

「不能。你只能站在那裡，什麼事都不要做。」辛格先生說。

「那很簡單！」坦多說，「不要總是要做些什麼，只要站著就好！」

每個人都看向坦多。「沒錯！」穆林斯太太最後說，「聰明的小男生！」

「如果有人要抓你，你只要把全身放軟就好，不要抵抗！」普如伊老師說，「警察已經在路上了。要記住，克雷門先生正在違法破壞這座花園，而我們只是想要阻止他，並沒有做錯任何事。」

有幾個人故意倒在對方的身上來練習放軟身體。「哎呀，對不起，慘兮兮！」坦多倒向了梅希，而梅希踉蹌了一下，也倒向奧莉薇，奧莉薇又倒向賈米拉。當大家嘻嘻哈哈的在地上倒成一團時，ＪＪ連跑帶跳的衝過來，用大字形撲倒在他們身上。

「別鬧了！」普如伊老師把他從人堆裡拉起來。「記得我說的話嗎，ＪＪ？不可以使用暴力！」

「啊！那樣不好玩！」ＪＪ嘻皮笑臉的從地上起身並捶了坦多一拳。

「我知道要忍住這種誘惑很難，ＪＪ。」普如伊老師牢牢的按住ＪＪ的手，讓它們緊貼他的身體，並看著他的眼睛說：「相信我，我真的了解。」

第四十四章

「我們來唱歌！」穆林斯太太說。「唱個熱血沸騰的歌，同時等待我們的命運。」說完，她就抬起好幾層的下巴，唱起了歌：

「希望和榮耀之地，自由之母，
我等為祢所生，如何才能頌揚祢？」（注11）

普如伊老師也跟著她一起哼。「**啦，啦，啦啦，啦——啦……。**」不過，聽起來不怎麼讓人熱血沸騰。

「誰知道有什麼比較好的抗議歌曲嗎？」普如伊老師問。

諾來瑟葳和碧翠絲開始甩手和扭腰擺臀。

「寶貝，我就要開始搖，搖，搖，搖，搖，

我要把它搖掉，把它搖掉……。」

「喔，拜託！」普如伊老師說，「不要再唱這種東西了。」她伸手抓住已經開始跟著搖得好像癲癇發作的ＪＪ。「請唱點南非的歌！」又用另一隻手拿走坦多手中的標語牌；因為坦多舉著它在樹下亂揮，弄得一大堆樹葉像才藝比賽裡的綠色亮片那樣紛紛落下。

忽然間，諾來瑟葳清澈又純淨的聲音彷彿憑空而出的一支箭，直直穿越了樹梢並射向藍天。

「聖澤尼納、聖澤尼納、聖澤尼納……。」（注12）

接著，兩個深厚的男中音也從羊蹄甲樹下加入合唱。克雷門先生的工人舉起了單手的拳頭開始慢舞。「**聖澤尼納！**」他們一起和聲唱道。歌聲聽起來豐厚、緩慢而有力量。每一個人都呆住了；就連克雷門先生也忍不住站起來觀看。

「**聖澤尼納……**」諾來瑟葳唱。

「**聖澤尼納……**」他們回應。「**聖澤尼納……**」

「聖澤尼納，庫隆拉巴？」（注13）

「那是什麼意思？」穆林斯太太低聲問也閉起了眼睛隨著這首古老的抗議歌曲搖擺的辛格先生。

「意思就是說，我們做了什麼？我們做了什麼？我們對大地做了什麼？」辛格先生回答，「喔，我真愛這首歌，讓我好像回到了對抗種族隔離制度的舊時光。」

穆林斯太太抬起手來，讓辛格先生把她從躺椅上攙扶起來。她一起身，就跟著音樂左搖右擺。梅希留意到連普如伊老師也搭上了辛格先生的手，一起加入。

這情感澎湃的旋律在花園裡一波波的洶湧而來，實在讓人很難不為所動。

「聖澤尼納、聖澤尼納……。」

梅希閉上了眼睛，傾聽著他們的歌聲。

可是，這美好的一刻被粗暴的打斷了。

「搞什麼？」克雷門先生大吼。「你們以為這裡是教堂還是什麼？馬上給我停止這個狗屎合唱，讓電池發動，否則你們倆都給我滾蛋！」他用電鋸指著工人，然後把它像把大機關槍似的甩到肩上，跨過了圍籬，進入空地，直接走向野梨樹。

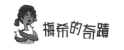

梅希、坦多和奧利薇想要追上去，卻被辛格先生攔截了回來。

「不行，留在這裡！」然後，他又對著圍籬的另一頭大叫：「克雷門先生，小心！那裡有蜂……。」

他還沒說完的話，被轟隆隆的電鋸頓時鋸成了四射的小碎片。

「怎麼一回事？」坦多在噪音中喊道。

梅希還來不及回答，電鋸聲突然停止。四下安靜了幾秒，然後……

「蜜蜂！」克雷門先生尖叫道。「是蜜蜂！我被……被螫了！」

「喔，我的天父！」穆林斯太太說。

克雷門先生逃向了卡車，他一邊跑，一邊拍打蜜蜂，兩隻手像被狂風吹的充氣人一樣拚命亂揮。從梅希站的地方可以看到那些蜜蜂。有一些在克雷門先生的背上結成了一團，其他的則像一小團烏雲似的跟著他。他爬上了卡車，想要拉開車門，可是車門鎖著。他氣急敗壞的摸著口袋找鑰匙，臉頰已經被螫得腫了起來。

「救命！」

「這裡！」多米沙尼大叫並掏出了在他工作服口袋裡的鑰匙。辛格先生抓了鑰匙跑向卡車。門鎖終於開了，可是克雷門先生兩手摀著臉，在馬路上掙扎扭動。辛格先生閃避著朝他的臉飛過來的蜜蜂，想辦法把克雷門先生從柏油路拖上了駕駛室。然後，他自己也爬上駕駛室，「砰」的關上了車門。

「喔，辛格先生！」梅希用一隻手蓋住嘴巴，彷彿這樣就可以讓心裡的驚慌不要逃出來。普如伊老師伸手過去將她拉到了身旁。

她聽到背後的碧翠絲急促的喘氣說：「喔，上帝，他會被螫的！喔上帝！」

她可以看到辛格先生在卡車的駕駛室裡揮打著蜜蜂。有時候，他會把車窗搖下來，彈掉手上的蜜蜂，然後又迅速把車窗搖上。

克雷門先生直挺挺的呆坐在椅子上不動。他的臉已經腫得難以辨認了。

「六年級立刻進屋子。立刻！」普如伊老師威嚴的下令。每個人都沒有異議的乖乖照做。

注11：《*Land of hope and glory*》，著名的英國愛國歌曲。旋律取自Edward Elgar的《第一號威風凜凜進行曲》，歌詞則是詩人A.C. Benson的作品。

注12：《*Senzenina*》，南非的反種族隔離民謠，字義是：我們做了什麼？

注13：Senzenina kulomhlaba，字義是：我們對這個大地做了什麼？

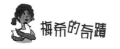

第四十五章

「到目前為止，我算到了十五個傷口！」瑪莉阿姨說。她拿著一把菜刀仔細的幫坐在廚房餐桌前的辛格先生把螫刺刮掉。

「那鼻是蜜蟲的錯！」辛格先生從兩片腫大的嘴唇之間吐出一句模糊不清的話。

「我想是克雷門先生吵鬧的電鋸聲讓牠們感受到了威脅。」梅希說。「再加上他穿的是深色的衣服，蜜蜂可能把他當成了一隻蜜獾。」

瑪莉阿姨和德威特先生在律師的陪同下，在一片混亂之中，或者，套句瑪莉阿姨的話，在「群魔亂舞」之中回來了。醫護人員正在送克雷門先生上救護車。花園裡塞滿了學童，還有四個從頭盔到靴子一身都是黑的人正在跟一名警察和穆林斯太太在人行道上爭吵。

哈德森路上停了一長排的汽車：一輛救護車、一部警車、一臺私人保全公司的廂型車、一部校車和一輛卡車。

「梅希，去看看那些私人保全公司的衝鋒兵離開了沒有？」瑪莉阿姨說。她拿著一種用泡打粉加水做成的膏藥敷在辛格先生的傷口上。「我受不了他們在我們的土地上。」

梅希走到外面的陽臺上去查看。穆林斯太太雙手插腰站在人行道上，旁邊站著律師。梅希沒有看見那些私人保全員，或那輛印有**毒蛇強制保安**字樣的廂型車的蹤影。

不過，在原來的地方多了一部新的車子，還有一位滿頭捲髮、手裡拿著筆記本的女士正在跟普如伊老師交談。

「嘿，米希！」坦多從山核桃樹下喊道。「過來！」他揮手召喚她。「這個人想要幫我們拍照並登在報紙上。」

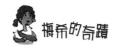

米希？好吧，至少坦多沒有聽到克雷門先生喊她「慘兮兮」或「亂兮兮」。梅希走了過去。

「過來站在我旁邊！」碧翠絲說，「這下終於可以出名了！」她撥了撥頭髮並將臉伸過來貼著梅希的臉。梅希還來不及抽身就感覺到碧翠絲的臉為了要露出開心的笑容而鼓了起來，然後攝影師就按下了快門。

原來，是德威特先生打電話給報社的，他希望讓這件事受到多一點人的關注。記者花了些時間釐清整件事情的來龍去脈，等到她一一訪問完阿姨們、辛格先生、穆林斯太太、普如伊老師和學生、律師和克雷門先生的工人們，已經過了午餐時間，每個人都飢腸轆轆。於是，普如伊老師煮了一大鍋茶，讓所有的學生都聚集在起居室裡，一起分享穆林斯太太帶來的那一大桶石頭餅乾。瑪莉阿姨才喝了一小口茶並靠在椅背上休息，就聽到「哈囉，哈囉！」有人在陽臺上喊道，而且很有禮貌的用門環敲門。

「喔，乖乖隆地咚！這會是誰？」瑪莉阿姨放下茶杯，起身去查看。

梅希滿嘴都是石頭餅乾，她也停止咀嚼並注意聽。她認出了那個聲音，嘴裡的石頭餅乾頓時全變成了灰燼。那是奈度女士！

瑪莉阿姨把頭探進起居室的門來。「普如伊老師，您有空嗎？這裡有位社工人員想要跟妳談一下，也許我們大家可以到廚房去見個面。」

梅希閉上了眼睛，她背對著牆壁坐著，心裡的恐懼讓她無法動彈。

過了幾分鐘，她感覺到一隻溫暖的手按在她的肩上，是瑪莉阿姨在低頭對她微笑。

「沒事了，梅希！」瑪莉阿姨摸摸梅希的頭。「奈度女士今天去學校，看到了妳優越的學業表現，而且跟校長葛里賽夫人談了一下。現在，普如伊老師也正忙著告訴她，妳是個模範學生，相當受到同學們的喜愛。」

「她不會把我送去什麼庇護之家？」梅希囁嚅的問道。

「不會的！有什麼地方會比這棟屋子更安全？這裡有朋友、鄰居和所有愛妳

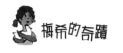

的人在保護！不過，幸好她沒有早半個小時來，沒看到一大堆蜜蜂在那邊到處亂飛的樣子。」

「您好！」陽臺上又響起另一個低沉的聲音。

「請進！」瑪莉阿姨喊道。「我們今天歡迎所有的訪客！我們正在起居室裡！」

瓦古醫生彎著腰進了門。他鏟子般的大手拿著一頂小小的帽子。

「您好！您好！」他對屋子裡的每一個人點頭打招呼。「看來你們有很多幫手啊！」

「是啊！我們是不是很幸運？」瑪莉阿姨把事情的經過一一詳述給他聽：強制令、來核對細節的律師、陪同克雷門先生在警方戒護下住院的警察，以及被穆林斯太太派來收拾的私人保全公司。

「而且，現在在廚房裡，甚至還有位社工人員在跟梅希的老師說話。」

「這真是個好消息！」瓦古醫生說。「不過，請問一下，那些小鳥在哪裡？」

「小鳥？」瑪莉阿姨問。「你是說蜜蜂嗎？這些蜜蜂在今天的小小鬧劇裡，還真是幫了我們一個大忙。」

「不、不，是小鳥。我知道的，因為祖先們告訴我說，你們將會得到小鳥們的救援。」

「不是蜜蜂，你確定？」

「是小鳥，我很確定。」

「這可怪了！」瑪莉阿姨說。

梅希和瑪莉阿姨站在人行道上看著大家一一回到校車上，她緊握著瑪莉阿姨的手，心裡感覺輕飄飄的，彷彿她會像一顆氦氣球一樣的直直飄到天空中。她注意到奧莉薇坐在前面靠近司機的位子上，又看到賈米拉上了車，並坐到奧莉薇的旁邊。她們一起低頭看著某個梅希看不見的東西並哈哈大笑。然後，奧莉薇抬起

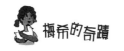

頭來看了看梅希，臉上綻放出燦爛的笑容，並對她揮了揮手。

諾來瑟葳爬上校車坐在碧翠絲的旁邊。碧翠絲吐了句話，翻翻白眼並哈哈大笑。接著，梅希驚訝的發現諾來瑟葳站起來，換到了前一排去坐，就坐在坦多的旁邊。坦多把身子伸到了車窗外：「麥克奈特小姐，任何時候，只要妳需要有人過來，而且不是要砍掉花園裡的樹的話，找我就對了！」

「我會記住的，年輕人，謝謝你！」

「嘿，米希！明天見！」他對梅希露齒一笑。

梅希感覺到心裡一陣悸動，兩朵緋紅爬上了她的臉頰。她只好趕緊彎下腰去抓抓腳，希望再站直的時候，那種感覺已經消退了。

可是，並沒有。

第四十六章

在「群魔亂舞」之後的幾天，梅希每天下午放學回家都會發現屋子裡擠滿了人。以往，她在家裡聽到的都是時鐘的滴答響、冰箱的低鳴和蒼蠅在窗口懶洋洋的嗡嗡聲；這個星期她聽到的卻是靴子在屋頂上踩踏、鎚子在敲敲打打、東西掉落和拖曳的聲音，以及在每一個房間裡的交談聲。

辛格先生的姐夫和兩名外甥在屋頂上，一名水電工在整理洗碗間裡的配電盤。起居室裡有一位律師、廚房裡還有一位警察分別在做筆錄。瓦古醫生把所有被砍斷的樹枝都抬上了他的廂型車載走。德威特先生則是不斷進出，大嗓門的談論著電信、電路、天花板和便宜的屋瓦等等的事宜。

瑪莉阿姨似乎很有信心，只要把克雷門先生送上法庭之後，所有的維修費用都會由他來支付，律師似乎認為她可以提出要他賠償損壞的訴訟。

「但是，我們還是得勒緊褲帶過日子。」瑪莉阿姨說。「付完芙蘿拉的照護費之後，就沒錢買果醬了。」

＊　＊　＊　＊　＊

星期五下午，梅希協助辛格先生把那些從屋頂拿下來的箱子拖到走廊上排成一直線。星期一會有人來更換那些受損的天花板。梅希掀開其中一口箱子，發現了三本裝著黑白小照片的黑色舊相簿，夾雜在一些衛生紙、一個有玻璃蓋的綠色砂鍋，以及一個被蠹蛾啃爛的羊毛衫包裹起來的東西之間。

然後，她聽到了普如伊老師在前門呼喊。

「哈囉！哈囉！有人在家嗎？」

「安琪拉！」瑪莉阿姨在起居室裡回喊。「請進！不好意思！家裡亂糟糟的！」

安琪拉？梅希從沒想過普如伊老師也有個名字。不過，她留意到瑪莉阿姨已經不再喊她「可憐的普如伊老師」了，而是改喊「那位了不起的普如伊老師」。

「我只是想來看看妳們怎麼樣了。」梅希聽到普如伊老師說。「還有，給妳們看看這篇馬里茲堡《鏡報》刊登的新聞，如果妳們還沒看到的話。」

「梅希！」瑪莉阿姨喊道，「快過來看，妳上報紙了！」

梅希在緊身褲上抹抹骯髒的手，走進了廚房。她小心的接過了報紙來看。讓人意外的是，那張照片上面最引人注意的臉，以及看起來最開心的人，竟然是碧翠絲——這證明了照片可以有多虛假。梅希的臉看起來一點都不起眼。照片附上的說明文字把他們的名字都寫了出來，還引述普如伊老師的話，說他們的參與是「學校培養公民責任感的課程之一，也是非暴力抵抗的一個實際範例。」

「學校的課程、公民責任感。」瑪莉阿姨說，「文字這東西是不是很了不起？什麼都可以掰的出來，連一場混亂都可以說成是極富教育意義。」

普如伊老師笑了。

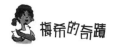

「梅希，我在燒開水的時候，妳要不要帶普如伊老師到花園裡走一走？她說不定會想看看檸檬的墳墓。」

普如伊老師在無花果樹下蹲下來看那一壟小土堆。梅希那天早上放了新鮮的花朵上去，並用一些小圓石標誌出邊界。那兩隻鳥仍然繼續看守著用一片枯葉裝著的玉米粉。

「這是什麼？」普如伊老師問，並伸手觸摸那兩枚鳥頭。

「蓋子。瑪莉阿姨說她爸爸以前都把菸草放在罐子裡，這就是罐子的蓋子。」

「我可以看一下嗎？」

「可以。」

普如伊老師兩手各握著一枚鳥頭蹲坐下來。她從各種角度仔細檢視它們。

「妳沒有菸草的罐子嗎？」

「沒有，我想它們應該不見了。」

「妳介意我把它們帶進屋裡去嗎？我們可以晚一點再拿回來放。我只是想跟瑪莉阿姨聊一聊關於它們的事。」

＊　＊　＊　＊　＊

沒想到，就跟瓦古醫生預言的一樣，最後拯救了她們的竟然是這些鳥。

「這些鳥頭是來自叫做沃力鳥的菸草罐，是維多利亞時期人稱馬丁兄弟的陶藝家所製作的。年代大約是在一八八〇或一八九〇年間，非常具有收藏價值。」普如伊老師小心翼翼的把它們放在廚房餐桌上的一條摺疊茶巾上。「如果妳們可以找到罐子本身，也許會很值錢。」

「太棒了！」瑪莉阿姨說。「這是我母親送給我父親的禮物。她那位有點波希米亞風、總是喜歡戴一條頭巾的妹妹——溫妮芙雷德，在遺囑裡把罐子留給了我母親。我母親一直覺得它們很醜，可是我父親相當……。」

「那會值多少錢？」梅希問。

「我知道幾年前在倫敦的蘇富比拍賣會上有一個賣了四萬英鎊（約一百四十八萬臺幣）。」普如伊老師說。「所以，像這樣的兩枚大沃力鳥可能會值……喔，我不知道，很難猜。也許一百五十萬蘭特？或者再少一點，也或者不止。」

「我知道在哪裡。」梅希一溜煙跑進了走廊。她跪在箱子旁，雙手顫抖的拿起被骯髒的羊毛衫包裹起來的東西，弄得灰塵和一粒粒的小蠹蛾卵到處散落。

每一只罐子都有個被巨大的鳥爪攫住的圓形木製底座，鳥爪之上則是披覆著金棕色羽毛的鳥體，做工看起來十分精細，質感十足。梅希把它們舉到鼻子旁，還可以聞到濃濃的菸草味。

那是一種古老的、守護的味道，是安全的味道。屬於家的味道。

第四十七章

學期的最後一天，普如伊老師烤了一個巧克力蛋糕，裝在墊了錫箔紙的啤酒箱裡，帶到班上來。為了避免大家走來走去偷掐一把撒滿在糖霜上的吉伯利巧克力棒碎片，她乾脆把它放在高得摸不著的書櫃上。還剩下幾個人要做關於典範人物的口頭報告，完畢之後，大家就會在教室裡為普如伊老師辦一場歡送會。普如伊老師的辦公桌上已經擺滿了等著裝冷飲的紙杯。

梅希坐在自己的位子上，課桌上有一小疊筆記。她很想再好好的讀一遍，可是四周的交談聲一直讓她分心。

「好，所以請妳媽媽在星期六的午餐時間帶妳過來。」奧莉薇正在跟賈米拉討論周末聚會的事。梅希也受到了邀請，可是她必須去探望芙蘿拉阿姨，沒有空去。

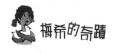

「諾來瑟葳，妳也想來嗎？我們打算要用新的披薩烤爐做披薩。」

「Ja，好啊！」諾來瑟葳說。「妳們要做培根鳳梨的嗎？那是我最喜歡的口味。」

「培根和鳳梨？」碧翠絲說。「『噁』！太恐怖了。那大概是有史以來最可怕的一種披薩口味。」

梅希留意到碧翠絲並沒有被邀請參加這場披薩派對，不禁為她感到有些難過；不過，本能上，她還是對碧翠絲盡量避之唯恐不及。

從大家去保護花園裡的樹木的那一天之後，碧翠絲就跟七年級的一些女生交上了朋友，她動不動就表現出一副很受不了自己班上同學的模樣，而且絕不放過任何機會讓他們知道她覺得他們有多不成熟。基本上，她現在的敵意都是針對交了新朋友的諾來瑟葳。

瑪莉阿姨曾經告訴過梅希：嘲笑，表面上好像是武器，但其實往往是一種防衛。她說那些經常嘲笑別人的人，實際上是想要保護自己。梅希以前不太明白這句話的意思，但她現在開始有種感覺，也許碧翠絲之所以會說那些難聽的話，其實是想要讓自己看起來很堅強，即使她的內心也許很害怕。每一個人都會害怕嗎？梅希思索著。就連碧翠絲．杭特也不例外？

「最後幾位的口頭報告要來了。」普如伊老師拍拍手，要大家注意。梅希的心臟撲通了幾下。

「ＪＪ，輪到你了！」

ＪＪ報告的是超級模特兒，坎蒂絲．史汪尼普。他說，他之所以欣賞她，是因為儘管她出生在南非的姆伊河鎮，卻經常出現在全世界百大性感女人的名單上。而且，她曾經獲選擔任**維多利亞的祕密時尚秀**「夢幻內衣」的模特兒。ＪＪ將一張從雜誌上剪下來的照片「啪」的一聲貼到黑板上，那是一位金髮女郎，穿著一套鑲著珠寶的紅色內衣褲。

「所以，這是你有朝一日也想做的事嗎？」普如伊老師等ＪＪ報告完之後問。

ＪＪ露出困惑的表情。「當然不是。」

「好的，謝謝你，ＪＪ。你可以回座了。」普如伊老師低頭看了看名單。

梅希幾乎無法呼吸了。她的名字是名單上的最後一個。

「梅希，有假單要給我嗎？」普如伊老師笑著問，她的視線掠過了眼鏡上方望向梅希，手也伸了出來。

「沒有，普如伊老師。」梅希好像跋涉了很遠的路，才總算走到教室的前面。她將那疊筆記擺到講桌上，希望大家不會發現她的手在顫抖。

「早安。」她用緊繃而微弱的聲音說。「我想大家可以看得出來，我很緊張。所以，我把我的口頭報告寫了下來……」她嚥嚥口水，舔舔乾燥的嘴脣，

「……我會試著讀出來。」

辛格先生說過，讓大家知道你很緊張是沒有關係的。「講出事實。」他對她說，「即使妳的聲音在發抖也沒關係。」

梅希看看對她點頭微笑的普如伊老師，又迅速瞥了一眼坦多。他坐在椅子上身體前傾，兩手交握，鼓勵著她繼續說下去。

坦多教了她一個竅門：「如果妳在大家的面前講話會緊張，就想像一下妳的觀眾都沒有穿衣服。如果還不行，就想像他們在上廁所。」

可是，當她抬起頭來看時，每一個人都服裝整齊的坐在椅子上；要幫他們把衣服脫掉，或者在心裡將每個人都放在馬桶墊上，需要耗費的心力太多了。而她此時此刻的每一分力氣都必須專注在把面前的那幾頁筆記讀出來。以下就是她讀出來的：

「大家知道，我要報告的典範人物是聖雄甘地。他就是在彼得馬里茲堡這裡展開他的行動主義人生的。有一次，在印度，甘地下火車的時候，腳上的一隻涼鞋正好掉到了火車和月臺的縫隙之間，沒有辦法撿回來，於是，他乾脆把另一隻腳的涼鞋也脫了並丟下去。別人問他為什麼要這樣做，他解釋說：一隻涼鞋對任何人都是沒有用處的。與其讓別人在鐵軌上撿到一隻鞋，不如撿到一雙。這教會

了我用一種新的眼光來看待問題。」

梅希停下來，深深的吸了一口氣。辛格先生告訴她要慢慢念，可是，她擔心念得愈慢，就會有愈多人發現她的聲音在顫抖。

「這個星期，我們聽說了很多名人的故事。甚至還有關於一隻雞的。」

「麥克，我的雞！」坦多伸手敬了個禮。每個人都哈哈大笑。

「安靜，各位！」普如伊老師說。「很抱歉！梅希，請繼續。」

於是，梅希繼續念下去……。

「不過，我決定了我的口頭報告不想只報告關於一個人的事，雖然我很敬佩甘地。我今天要對大家報告的主題是：非洲蜜蜂。關於蜜蜂，有很多有趣的資料，但是我只想告訴大家，牠們所教導我的事。」

辛格先生告訴過她，講話的時候，抬起頭來跟觀眾做眼神的交流，是很重要的一件事。於是，梅希鼓起勇氣，看了看班上的同學。普如伊老師正在寫筆記，其他的人似乎都興趣盎然，好像真的在傾聽她所說的話。每一個人，除了碧翠絲以外。碧翠絲不管有沒有人聽的小聲說：「蜜蜂？她說蜜蜂？」彷彿不敢相信她的耳朵聽到了什麼。

梅希吸了一大口氣，又再繼續……。

「每一隻蜜蜂都有自己的工作——有的要採花粉，有的要保護蜂巢，有的負責餵養幼蜂，還有的則要揮動翅膀來讓蜂巢裡的溫度保持正常。沒有哪一種工作，比另一種更重要。在我們人類社會所組成的蜂巢裡，大部分人也都永遠都當不了蜂后。只有一位尼爾森·曼德拉或者一位聖雄甘地。可是，如果沒有這許許多多的普通人在做事的話，我們人類社會的蜂巢就跟蜜蜂的蜂巢一樣，是無法生存下去的。」

梅希從眼角可以看到普如伊老師一邊點頭、一邊寫筆記。她繼續努力的念下去，希望沒人會注意到她的雙腿在桌子後面發抖。她很害怕必須伸手幫筆記翻頁，因為她的手已經抖到不行了。

「我學到的另一件事，就是蜜蜂很辛勤的工作。為了生產一公斤的蜂蜜，一整巢的蜜蜂需要同心協力的工作，飛行大約繞地球三圈的距離。而且，一隻蜜蜂終其一生只能產出約十二分之一茶匙的蜂蜜。這就跟人類的工作一樣。我們也有許許多多各種不同的工作，而每一種工作，都是非常重要的。尤其是當它們可以讓大家在這個世界上生活起來更便利，也更幸福的話。不過，做這些工作永遠都是很辛苦的。」

普如伊老師已經放下了筆，只是傾聽、微笑和點頭。這讓梅希覺得更有勇氣了一點。不過，她的聲音還是在發抖，而且她不時就必須在不該斷句的地方嚥嚥口水，她的嘴巴覺得異常乾燥。

「同時，我也學習到了，當蜜蜂們四處收集花蜜來餵養蜂巢的時候，也在不

知不覺中，將花粉從一朵花傳送到了另一朵花上。如果蜜蜂沒有做這件事的話，水果、花朵或蔬菜，就沒有辦法得到授粉。這就如同我們所做的一些小事——每一個小小的行動，都可能導致其他更重大的事情發生。我們並不一定會知道將會有什麼成果；但是，我們還是必須做那些事。」

只剩下最後一個重點，梅希就要講完了。

「最後一件我學習到的，關於蜜蜂的事，就是牠們需要膽量來保衛牠們的蜂巢。我之所以這麼說，是因為當一隻蜜蜂螫你的時候，除了留下一根刺之外，也會留下一些內臟。牠的肚子有一部分會跟著被扯出來，所以那隻蜜蜂也就會因此喪命。」

「酷！」ＪＪ突然插話，他看起來對梅希報告的這一點特別感興趣。「所以，這就是蜜蜂死掉的原因？」

梅希點點頭。

「繼續，梅希。」普如伊老師說，「既然妳已經藉著一點死亡和毀滅，得到了JJ的關注。」

梅希最後一次深呼吸，並開始做結語：

「同樣的，當我們要做一些勇敢的事情時，也會需要膽量，需要一些很深的、內在的，感覺幾乎像是我們身體一部分的東西。幸運的是，當我們做了之後，並不會死掉，儘管可能會覺得好像快死掉了。希望大家喜歡我關於蜜蜂的報告以及牠們所教導我的事。謝謝大家！」

大家一陣沉默。普如伊老師擤了擤鼻涕。然後，坦多呼了一口氣，彷彿他剛才一直在憋氣似的。

普如伊老師說：「我想這可能是我聽過的口頭報告中最棒的一個。」她對梅希露出了開心的笑容。「現在，我們來吃蛋糕吧！」

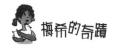

第四十八章

六個月之後，梅希在廚房裡為釀好的蜂蜜裝瓶，打算在六年級的市集日時拿去賣。她抓著手柄轉動著一部老舊的搖蜜機，是她們換裝天花板時從屋頂上的一口箱子裡找到的。

發掘那些箱子的內容物，簡直就像找到了埋藏的寶藏一樣。那兩隻沃力鳥在開普敦的拍賣會賣了不少錢，但是瑪莉阿姨不肯透露詳細的數字。

「夠我們買很多果醬了。」她只敷衍的說了這一句。

她們還在其他的箱子裡找到了生鏽的奶酪刨絲器、幾只燉鍋，以及芙蘿拉阿姨以為被偷了的那座老噴泉的所有零件。

那座噴泉，包含芙蘿拉阿姨曾經想要送給喬治國王的管狀部分，又重新被安裝在花園小徑的左側了。辛格先生幫它接了水管過去，在炎熱的日子裡，它滴滴

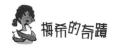

答答的聲音聽起來，套句瑪莉阿姨的話來形容，簡直就是「天籟之音」。

這是他們對芙蘿拉阿姨的一種紀念；她還活著，但是只能在老人之家密集照護區一間陽光充足的房間裡的高床上度過剩餘的日子。他們常常去探視她，幫她按摩手部，梳梳她蓬鬆的頭髮；可是她似乎已經認不出任何人了。

梅希正要告訴辛格先生，說她那位新來的好老師尼迪先生已經預訂了兩罐蜂蜜的時候，前門忽然響起了敲門聲。由於她心底還殘留著那個根深蒂固的恐懼：擔心社工人員隨時會忽然出現並告訴她，找到她的家人了，而且想要帶她走。因此，她停下了搖蜜的手，屏氣凝神的聽。她聽到瑪莉阿姨用低沉而謹慎的聲音招呼對方。

梅希花了好幾秒鐘，才認出走進廚房的那個人是誰。

「梅希？」婦人露出了一抹微笑，但又似乎在強忍著只要微啟雙脣，即使只是一條縫，也會一發不可收拾的喜悅。她的兩眼熱淚盈眶。

「她是妳的凱瑟琳阿姨。」瑪莉阿姨輕聲的對呆住了的梅希說。

「我知道。」梅希回答並終於奔向了阿姨張開的雙臂。「妳去了哪裡？喔，妳都在哪裡？」

「我去了一個很黑暗的地方。」凱瑟琳阿姨把臉埋進梅希的髮絲裡說。「不過，我已經離開妳的克利佛姨丈，也幫自己找到了一個很不錯的工作。我過了一段非常辛苦的日子。我必須告訴妳……有一天，我會告訴妳關於妳的克利佛姨丈，還有為什麼我會離開妳這麼多年。可是，現在，妳只需要知道：我愛妳。妳是我姐姐的心肝寶貝，而且我找到了妳……。」凱瑟琳阿姨把梅希稍稍推開一些來看她的臉。「看看妳！我在報紙上看到妳的照片了。已經長得這麼大，而且這麼像我親愛的羅絲，讓我簡直要心碎了。我有太多的話想說，不知道要從何說起。」

「我來燒個水，幫大家泡茶吧！」瑪莉阿姨說。

而梅希明白的是，雖然不知道結果會如何，她，這一次，也只需要做好眼前的事就好。

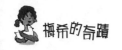

她握住了凱瑟琳阿姨的手。「來這裡坐！」梅希拉出原本是芙蘿拉阿姨坐的那把餐椅。「妳的茶要加蜂蜜嗎？」

「喔，好！」凱瑟琳阿姨說。「我喜歡蜂蜜。謝謝妳！」

「這是我自己收成的！」梅希把蜂蜜的罐子擺到了餐桌上。

「嗯！」凱瑟琳阿姨說，並用充滿愛意和驕傲的笑容面對梅希。「對，我可以想像得到！」

後記

甘地的早期生活，以及在南非的時光

莫哈達斯．卡拉姆昌德．甘地（Mohandas Karamchand Gandhi）是一八六九年出生於印度伯爾本達爾（Probandar）的印度教家庭。他的母親是個信仰虔誠而且意志力堅強的人，甘地總說她對他的人生有非常重大的影響。不過，甘地的童年時代幾乎沒有顯現出他日後將成為一位傑出人物的跡象，他只是一個很膽小的孩子——怕黑、怕蛇、怕鬼，而且自承在學校裡只是個「很普通的學生」。他非常害羞，而且不喜歡運動。

在他完成學業之後，他的家人想辦法湊了一筆錢送他去英國攻讀法律；但是當他三年後回到印度時，卻發現自己很難找到很好的工作，因為他缺少站上法庭、質疑證人、展開辯論所需要的自信心。因此，當有人提供他一個機會，要他去南非代表一位印度商人處理一個法律糾紛的時候，他接受了，希望能藉此賺點錢並增長自己的經驗和信心。

甘地在一八九三年抵達南非後，對他的所見所聞感到震驚不已。在一八六〇年代，有許多印度人來到南非，在甘蔗種植園、鐵路和礦場裡擔任契約工人。當時的交換條件是工作滿五年之後，這些工人就可以得到一小塊土地，並在此定居下來。

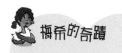

然而，一八九一年，提供土地和公民資格的條件被撤銷了，讓多數的印度人生活在沒有土地或人權的情況下，遭遇了許多困難和羞辱。他們的生活條件極為惡劣，工資微薄，甚至無法得到足夠的食物。在川斯瓦（Transvaal），印度工人除了在聚集區裡的一小片容身之地外，是不可以擁有土地的。他們沒有投票權，不能行走在人行道上，而且不得在未經允許的情況下於夜晚外出。

甘地在南非的經歷以超乎他想像的方式澈底改造了他。一八九三年的一個寒夜裡，他在前往普里托利亞為客戶辯護的路程中，在彼得馬里茲堡被攆下了火車。他原本搭乘的是頭等艙的車廂，但是有一位白人乘客抱怨說他不想跟「二等公民」共用一個車廂。

日後，當有人問到他人生中最重要的一次經歷時，甘地回答說就是他被迫在彼得馬里茲堡的候車室度過的那一夜。因為就是在那一夜，「鋼鐵進入了他的心靈之中」，他決定留在南非，抵抗不公不義的歧視並完成他的工作；而不是聽從本能，逃回印度去。於是，第二天一早，他又買了一張頭等艙的車票，前往普里托利亞。這是他人生中第一次決定要抵抗不公平，而不是轉身逃走。

最後，甘地在南非待了二十一年。

♣一八九四年，他藉著協助成立納塔爾印度人議會（Natal Indian Congress），讓印度人團結起來，並讓大家注意到印度人遭遇的許多困境。

♣他創辦了一份名為《印度輿論》（Indian Opinion）的報紙，也讓全世界契約印度工人的問題得到了注意。

♣一九〇六年他發展出一套被稱為沙堤耶格拉哈（Satyagraha）的抵抗方式。在梵文中，沙堤耶（Satya）的意思是真實，格拉哈（agraha）是「堅守」或「有禮貌的堅持」。甘地就是運用這樣的抵抗方式來抗議許多不公平的法律。他鼓勵人們拒絕遵從不符合人人生而平等此一真理的法律；但是，抵抗的方式必須是非暴力的。他會提醒他的追隨者：他們的行動可能會導致財產被沒收，讓他們入獄，被鞭打，挨餓，甚至死亡。不過，他敦促他們接受這些結果而不要抱怨，因為他相信這是取得公平的唯一方法。「這場奮鬥也許會持續很久；但是我可以大膽的說、肯定的說，只要還有一小群人堅守自己的承諾，這場奮鬥只會有一個結果，那就是勝利。」

♣甘地在南非一共被逮捕過四次。他被單獨監禁過好幾個月，而且常常被強迫做苦工。在其中的一次入獄期間，甘地幫史馬茲將軍（General Smuts）做了一雙皮革涼鞋。史馬茲將軍在甘地七十歲生日時又將涼鞋送還給甘地，並說：「我已經穿著這雙涼鞋度過了許多的夏天……雖然我覺得自己似乎沒有資格立足於

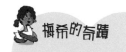

如此一位偉人的鞋子上。命運安排我成為一位即使是當時、我也極為尊敬的人的對手……。他從未遺忘任何情勢中的人性背景，從不發怒或屈服於仇恨，即使在最艱難的情況下，也依然保有一絲溫柔的幽默感。」

♣一九一四年，甘地帶著家人回到了印度。他將自己在南非學習到的一切運用在更重要的任務上，也就是爭取印度的自由。當時，印度是威震四方的大英帝國的殖民地之一。沙堤耶格拉哈的抗爭方式最終讓大英帝國屈服了，並讓印度於一九四七年取得獨立。

♣一九四九年，甘地遇刺逝世。然而他所提倡的非暴力抵抗依然不斷的流傳下去，並影響了所有此後的公民權利運動。

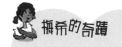

關於蜂類（bees）的有趣知識

有為數不少的書籍和網站在描述蜂類的生命週期、群體生活和構造。下面只列出一些這些迷人的小昆蟲比較不為人知的相關知識。

✣全世界有兩萬種不同種類的蜂，而且大部分都是獨行俠——獨自生存並撫養幼蜂。然而，蜜蜂（honeybees）則是生活在可能多達六萬隻蜜蜂的群體之中。

✣蜜蜂可以分成三個群組：

工蜂全都是雌性的。每一隻工蜂會根據不同的年齡負責不同的工作。年輕的工蜂負責家務：打掃、養育幼蜂、維持蜂巢內部的溫度正常、傳遞食物和製造蜂蠟。年長一些的工蜂則必須守護蜂窩和攻擊任何不屬於此蜂群的蜜蜂、黃蜂或其他昆蟲。最年長的工蜂則成為覓食者，負責採集花蜜和花粉。

雄蜂只有一個功能：跟女王蜂交配。然後就會死掉。牠們無法自我餵食，因為牠們的舌頭太短，無法觸及花朵內的花蜜。

蜂后是最大隻的蜜蜂，因為她是被餵食營養豐富的蜂王漿長大的。她一生只交配一次，接受大約二十隻雄蜂的精液。她會將精液儲存在體內並用以一天產下一千五百顆蛋。

✣負責覓食的蜜蜂會飛行到三公里遠的地方採集花蜜和花粉。如果一隻蜜蜂發現了一個好的食物來源，牠會回到蜂群，並藉著跳舞的方式對其他的蜜蜂傳達方位。跳圓舞表示食物就在附近，跳擺尾舞則可以傳達出較遠處食物來源的距離和方向。

✣一隻蜜蜂的頭腦大約是一粒芝麻種子的大小，然而牠具備了可以算出距離和覓食效率的複雜運算能力。蜜蜂利用太陽來導航，永遠都不會迷路。

✣蜜蜂需要藉由花粉來取得蛋白質。牠們會將花粉裝在腿上的小小花粉籃裡帶回到蜂巢。牠們也會吸取花朵的花蜜並儲存在胃裡。

✣當一隻覓食者蜜蜂回到蜂群之後，牠會將花蜜轉移到一隻內勤蜜蜂的嘴裡。讓花蜜跟蜜蜂唾液中的酶混合。當花蜜和酶混合完成之後，就會被存放在一個蜂房中。然後，內勤蜜蜂就會幫這個蜂房搧風，使得水分蒸發。等到蜂蜜的濃稠度對了，才會包覆一層蠟上去。

✣一隻蜜蜂工作一輩子採集的花粉只能釀成十二分之一茶匙的蜂蜜。

✣蜂蜜很不容易腐壞。在埃及古墓發現的蜂蜜即使經過了三千年仍然可以食用。

✣花朵需要蜜蜂來幫忙授粉，不亞於蜜蜂需要花朵。花朵利用香氣、顏色和一種電子信號來吸引蜜蜂。

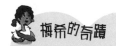

國家圖書館出版品預行編目資料

梅希的奇蹟/布麗奇特．克羅娜(Bridget Krone)著；鄒嘉容譯.
-- 初版. -- 臺北市：幼獅文化事業股份有限公司, 2022.12
面；　公分. -- (小說館；39)
譯自：Small Mercies

ISBN 978-986-449-279-4(平裝)

874.596　　　　　　　　　　111019532

・小說館039・

梅希的奇蹟　Small Mercies

作　　者＝布麗奇特．克羅娜 Bridget Krone
譯　　者＝鄒嘉容
繪　　者＝林師宇
出 版 者＝幼獅文化事業股份有限公司
發 行 人＝葛永光
總 經 理＝王華金
總 編 輯＝林碧琪
主　　編＝沈怡汝
特約編輯＝貢舒瑜
美術編輯＝游巧鈴
總 公 司＝10045臺北市重慶南路1段66-1號3樓
電　　話＝(02)2311-2832
傳　　真＝(02)2311-5368
郵政劃撥＝00033368

印　刷＝崇寶彩藝印刷股份有限公司
定　價＝360元
港　幣＝120元
初　版＝2022.12
書　號＝987262

幼獅樂讀網
http://www.youth.com.tw
幼獅購物網
http://shopping.youth.com.tw
e-mail：customer@youth.com.tw

行政院新聞局核准登記證局版臺業字第0143號